Gütersloher Taschenbücher / Siebenstern 484

Frauen fordern eine gerechte Sprache

Mit Beiträgen von
Hanne Köhler
Cordelia Kopsch
Ina Praetorius
Dorle Schönhals-Schlaudt
und Hildburg Wegener

Herausgegeben von
Hildburg Wegener,
Hanne Köhler
und Cordelia Kopsch

Gütersloher Verlagshaus
Gerd Mohn

Originalausgabe

CIP-Titelaufnahme der Deutschen Bibliothek

Frauen fordern eine gerechte Sprache / mit Beitr. von Hanne Köhler ...
Hrsg. von Hildburg Wegener ... – Orig.-Ausg. –
Gütersloh: Gütersloher Verl.-Haus Mohn, 1990
(Gütersloher Taschenbücher Siebenstern; 484)
ISBN 3-579-00484-0
NE: Köhler, Hanne [Mitverf.]; Wegener, Hildburg [Hrsg.]; GT

ISBN 3-579-00484-0

Umschlaggestaltung: Dieter Rehder, B-Kelmis, unter Verwendung
eines Aquarells »Jalousie« (1897) von
Eugene Grasset (La collection Walther, Paris
Gesamtherstellung: Clausen & Bosse, Leck
Printed in Germany

Inhalt

Vorbemerkungen

Wir sind Frauen, die in der Kirche arbeiten: als Gemeindepfarrerin, als Theologin in der Evangelischen Frauenarbeit, als Kirchenmusikerin, als Pfarrerin für Friedensarbeit. Wir gehen besonders viel um mit dem »Wort«. Als Christinnen vertrauen wir auf die heilmachende und friedenstiftende Wirkung des Wortes.

Doch wir erleben, wie Worte, wie Sprache ungerechte Verhältnisse rechtfertigt und stützt; wir erfahren, daß diejenigen »vergessen«, ausgegrenzt und diskriminiert werden, die nicht auf seiten der Sprach-Mächtigen stehen: Frauen, Behinderte, Fremde, überhaupt Menschen, die von einer tonangebenden Mehrheit als »anders« definiert werden. Sogar die Rede von Gott in der Kirche und der Theologie trägt die Spuren dieser Einseitigkeiten, Verzerrungen, Verstümmelungen.

Wir können »ein Lied davon singen«, wie wir und andere Frauen uns durch die Texte und Lieder in Gottesdiensten ausgeschlossen fühlen – und suchen nach Worten, die Mut machen: nach liturgischen Texten, Gebeten, Liedern. Und wir spüren: Es genügt nicht, die »Schwestern« den »Brüdern« hinzuzufügen – es gilt, auch die Lebens- und Gotteserfahrungen der bislang Ausgeblendeten aufzunehmen und hörbar zu machen. Unsere Rede von Gott verändert sich: Wir entdecken Gott immer mehr in der Gestalt der Frauen, der Armen, der an den Rand Gedrängten.

Wir sind durch die feministische Theologie und Sprachkritik sensibel geworden für die Ungerechtigkeit unserer Sprache. Doch Gerechtigkeit ist für uns mehr als die Gleichberechtigung von Frauen und Männern. Wir sprechen und singen von Gott: »Freundin der Menschen, Freund der Erde«. Das bedeutet für uns: Eine gerechte Sprache in Kirche und Gesellschaft muß die gleichen Lebensrechte aller Menschen widerspiegeln. Sie muß Frauen und Männern, Alten und Jungen, »Kranken« und »Gesunden«, Homosexuellen und Heterosexuellen, Einheimischen und Fremden gleichermaßen Raum geben – um Gottes willen!

Eine gerechte Sprache muß wirtschaftliche Ungerechtigkeit und ihre Folgen, Gewalt, Machtstrukturen und Konflikte so deutlich wie möglich benennen und so präzise ausdrücken, wie es eben geht. Nur wenn es uns gelingt, wahrzunehmen und auszusprechen, was ist, haben wir – auch mit sprachlichen Mitteln – eine Möglichkeit zur Veränderung.

Auch wir spüren oft, wie wir an die Grenzen stoßen; auch wir sind gefangen in den uns überlieferten, »alten« Sprachmustern. Der Weg hin zu einer gerechten Sprache braucht die immer neue Bereitschaft zum genauen Hinsehen und Hinhören, zum Infragestellen des scheinbar Selbstverständlichen, zum neuen Formulieren: suchend und stammelnd, holprig manchmal, beharrlich, aufbrechend, befreiend.

Sprache spiegelt unsere Wirklichkeit –

Sprache schafft neue – oder erhält bestehende – Wirklichkeit.

In dieser Spannung leben und arbeiten auch wir. Wir wünschen uns, daß durch die Beiträge in diesem Buch viele angeregt werden zum eigenen Nachdenken, zum Diskutieren, zum Nachspüren, zu eigenen Versuchen auf dem Weg zu einer gerechten Sprache.

Frankfurt, im März 1990 *Die Autorinnen*

I. Auf dem Weg zu einer gerechten Sprache

Kaum zu glauben – aber amtlich: Die 47jährige Arzthelferin Inge Neas, Abgeordnete im Rat der Stadt Ratzeburg, hat keinen Rechtsanspruch darauf, »Ratsfrau« genannt zu werden! In einem von ihr angestrengten Normenkontrollverfahren untersagten zwar fünf männliche Richter des Oberverwaltungsgerichts Lüneburg die bisher in Ratzeburg übliche Bezeichnung »Frau Ratsherr«. Für Recht befanden sie das in der deutschen Sprache übliche Anhängen der weiblichen Endung »in« zur – etymologisch haarsträubenden – »Ratsherrin«…

Pressenotiz Dezember 1989

Hildburg Wegener

Von Kindergärtnern, Amtsfrauen und Ratsdamen

Sprachkritik und Sprachpolitik in feministischem Interesse

Unterhaltung am Frühstückstisch während einer Tagung. »Ich sage meinen Patienten immer –«. »Ach, ich dachte, Sie sind Frauenärztin?« Die Frau, mit der ich am Vorabend eine lebhafte Diskussion über die Diskriminierung von Frauen im Gesundheitswesen geführt hatte, sah mich verständnislos und etwas irritiert an. »Ja, das stimmt, wieso?« »Na, ich habe erwartet, Sie würden von Ihren Patientinnen reden.« Dann begriff sie und wurde ausgesprochen böse, warf mir vor aller Ohren Arroganz, Prinzipienreiterei und mißverstandenes Emanzipationsgehabe vor, und wir gingen uns den Rest der Tagung aus dem Weg.

Natürlich hatte sie Grund, über mich ärgerlich zu sein. Mein Einwurf war unhöflich und auch nicht ganz ehrlich gewesen. Mit meiner Nachfrage hatte ich im Grunde unser Gespräch über die Diskriminierung der Frau weitergeführt. Dabei kritisierte ich zugleich ihre eigene Einstellung und die gesellschaftlichen Sprachregelungen in bezug auf Frauen allgemein.

Ich habe mir solche Einwürfe längst abgewöhnt, weil sie lieblos sind und selten einen positiven Lerneffekt haben. Aber die geschilderte Situation ist doch bezeichnend. Warum belegt diese Ärztin (weiblich) ihre (ausschließlich weiblichen) Patientinnen mit einem männlichen Wort? Und warum reagierte sie so unverhältnismäßig böse auf meine Sprachkritik?

Sexismus in der Sprache

Voraussetzung und Ziel feministischer Sprachkritik lassen sich an den Titeln der beiden wichtigsten deutschsprachigen Bücher zum Thema deutlich machen. »Das Deutsche als Männersprache« nannte Luise Pusch 1984 ihre Aufsätze und Glossen zur feministischen Linguistik, in denen sie darstellt, daß das Deutsche in der Art, wie es Begriffe bildet, hauptsächlich von Männern, also z. B. von Patienten redet und Patientinnen nur im Ausnahmefall oder gar nicht eigens erwähnt. »Frauensprache: Sprache der Veränderung« heißt die Sammlung von Vorträgen und Artikeln aus den Jahren 1978–1981 von Senta Trömel-Plötz. Nur wenn Frauen und sensibilisierte Männer bewußt eine andere Sprache sprechen lernen, kann die Diskriminierung von Frauen in der Sprache und die gesellschaftliche Realität, die in ihr festgeschrieben ist, verändert werden.

Sexistisch ist unsere Sprache offensichtlich in den vielen abwertenden Wörtern und Redewendungen, die sie für Frauen bereithält. Unsere Sprache ist aber darüber hinaus in ihrer Grundstruktur eine Männersprache. Luise Pusch hätte auch formulieren können: »Das Deutsche als Genussprache in einer partriarchalen Gesellschaft.«

Alle Substantive haben im Deutschen ein grammatisches Genus, sind weiblich, männlich oder sächlich, zum Teil übereinstimmend mit dem biologischen Geschlecht: die Frau, der Mann, das Kind. Dem entsprechen geschlechtsspezifische Formen für Artikel (die, der, das), Personalpronomen (sie, er, es), Possessivpronomen (ihr/e, sein/e), Demonstrativpronomen (diese, dieser, dieses) und Relativpronomen (welche, welcher, welches). Andere Genussprachen haben nicht drei, sondern zwei grammatische Genera (Niederländisch, Französisch), kennen nur eine einzige, geschlechtsneutrale Form des Artikels (Englisch) oder keinen Artikel, dafür aber geschlechtsspezifische Endungen (Russisch, Lateinisch). In allen Genussprachen durchzieht die Unterscheidung von weiblich und männlich aber in der einen oder anderen Weise jeden Satz.

Diese Sprachstruktur bildet ab, wie wir Personen wahrnehmen und von Personen reden. In den genannten Sprachen wird damit eine Vorrangstellung des Männlichen vor dem Weiblichen zum Ausdruck gebracht, die der gesellschaftlichen Rollenzuweisung entspricht und Frauen und Männer in ihrem Selbstwertgefühl grundlegend prägt.

Symmetrie, also die sprachliche Gleichbehandlung von Frauen und Männern, ist in einer Genussprache kaum zu erreichen. Wir können Frau und Mann gleichzeitig und gleichberechtigt sehen oder malen – im Raum. Aber Sprache vollzieht sich in der Zeit, fordert ein Nacheinander, ein Vor- und Nachordnen, und das erscheint als Über- und Unterordnung. In einer patriarchalen Gesellschaft wird der Mann als der wichtigere vorgeordnet: Adam und Eva, Onkel und Tante, Romeo und Julia, Herr und Frau Schmidt. Die wenigen Ausnahmen bestätigen die Regel: Es geht mehr um Maria als um Josef, die Oma ist für die Kinder stärker präsent als der Opa. Die Reihenfolge »Meine Damen und Herren« ordnet Frauen als Ausdruck der Höflichkeit vor, verschleiert aber nur die tatsächliche Rangordnung und verrät außerdem: Reden halten in unserer Gesellschaft die Männer, und sie lassen den Frauen ritterlich, aber folgenlos, den Vortritt.

Ferner sind bei Personenbezeichnungen die männlichen Begriffe das Grundwort, von dem die weibliche Form abgeleitet wird, und nicht umgekehrt. Diese Ableitung geschieht meist durch Hinzufügung von »-in«: Patient – Patientin. Diese Regel wird auch angewendet, wo es eigentlich ein entsprechendes Wort-Paar gibt. Es heißt – bislang jedenfalls – Ratsherrin und nicht Ratsdame, Amtsmännin und nicht Amtsfrau. Umgekehrt wird aber nicht aus einer weiblichen Form auf »-in« durch Weglassen eine männliche Form gebildet. Jedenfalls dann nicht, wenn es sich bei der weiblichen Form um einen typischen Frauenberuf handelt. Als der Beruf der Kindergärtnerin für Männer geöffnet wurde, hießen diese nicht etwa Kindergärtner, sondern Erzieher, und bald bürgerte sich die »Erzieherin« als davon abgeleitete Form ein.

Interessant sind die wenigen Worte, deren Grundform weiblich ist: die Witwe (und davon abgeleitet der Witwer), die Hure (die Lutherbibel kennt den »Tempelhurer«), die Hebamme (als Männer in diesen Beruf aufgenommen wurden, entstand der Entbindungspfleger, von dem sich nun wieder die Entbindungspflegerin ableiten läßt), die Krankenschwester (und der Krankenpfleger, nicht der Krankenbruder). Diese kurze Liste (die noch um einige Tiernamen ergänzt werden könnte: die Gans – der Gänserich) zeigt zwei Dinge: Ableitung der männlichen von der weiblichen Form ist möglich, wenn die männliche Form eher die Ausnahme bildet, aber sie wird vermieden, weil das dem männlichen Selbstbewußtsein widerspricht.

Der weitaus wichtigste Grund für die Asymmetrie der weiblichen und männlichen Wortformen ist die Tatsache, daß wir mit Hilfe der Sprache Oberbegriffe bilden, zusammenfassen, verallgemeinern. In einer patriarchalen Gesellschaft wird dazu das männliche Genus gewählt. So ist, wenn nicht von konkreten Personen, sondern allgemein gesprochen wird, von Ärzten und Patienten, von Lehrern und Schülern die Rede. Menschen gehen »zum Arzt«, auch wenn es sich um eine Ärztin handelt. Frauen machen ihren »Facharzt«, Ärztinnen sind in der »Ärztekammer«. Lehrerinnen halten sich im »Lehrerzimmer« auf, Schülerinnen lassen sich in die »Schülervertretung« wählen und bewerben sich um das Amt des »Schulsprechers«.

Das weibliche Genus bezeichnet dann das Spezielle, eine Untergruppe, die Abweichung von der männlichen Norm. So wie es das

Stimmrecht und das Frauenstimmrecht, den Fußball und den Damenfußball gibt, gibt es Richter und weibliche Richter, Bauherren und auch mal eine Bauherrin, Politiker und die eine oder andere Politikerin, über deren Rede (und ihre Kleidung, Frisur oder Stimme) dann besonders kritisch berichtet wird.

Die Überordnung des männlichen Genus zeigt sich in der Mehrzahlbildung bei gemischten Gruppen. Unabhängig von dem zahlenmäßigen Verhältnis von Frauen und Männern in einer Gruppe ist es sprachlich nicht falsch, von Patienten, Teilnehmern oder Zuschauern zu reden, und die vorhandenen Patientinnen, Teilnehmerinnen und Zuschauerinnen »mitzumeinen«. Erst eine reine Frauengruppe hat Anspruch auf die Anrede »Liebe Mitbürgerinnen«. Frauen sind es gewöhnt, sich unter »Liebe Mitbürger« eingeschlossen zu fühlen, Männer können den umgekehrten Fall nicht dulden. Sie sind immer gemeint, immer angesprochen, nie nur mitgemeint.

Daß das nicht so sein muß, sondern eine Prestige- und Machtfrage ist, zeigt sich im außermenschlichen Bereich. Um Hunde und Katzen zusammenzufassen, gibt es den Oberbegriff Haustiere, Birnen und Äpfel lassen sich als Früchte, Tische und Stühle als Möbelstücke zusammenzählen. Der gemeinsame Oberbegriff für Frauen und Männer ist Menschen, und ganz abgesehen davon, daß dies Wort im Deutschen und in anderen Sprachen sprachgeschichtlich den Männern nahesteht, schließt es längst nicht immer Frauen und Männer auch wirklich ein. »Alle Menschen werden Brüder«. Alle?

Aber nicht nur 99 Frauen und 1 Mann, auch 100 Frauen können unter Umständen als 100 Patienten, Teilnehmer oder Zuschauer bezeichnet werden, wie die oben zitierte Ärztin bestätigen würde. Dann handelt es sich um die geschlechtsneutrale, die »generische« Verwendung der Mehrzahlform, den »Gattungsbegriff«. In diesem Begriff steckt die Behauptung, daß es für allgemeine Aussagen über eine Gruppe von Menschen nicht von Bedeutung sei, ob sie weiblichen oder männlichen Geschlechts sind. Vielmehr seien »Patienten« Frauen oder Männer, die die Hilfe »eines Arztes« suchen. Für die Bezeichnung »Mörder«, »Studenten«, »Beamte« sei das Geschlecht ebenso irrelevant wie die Haarfarbe, die Konfession oder das Alter.

Dem ist entgegenzuhalten, daß unsere Sprache für Haarfarbe, Alter und Konfession keine Morpheme (Wortelemente) bereithält, für das Geschlecht aber sehr wohl. In sehr vielen Kontexten spielt das Geschlecht also offenbar eine Rolle. Durch die Gattungsbegriffe werden diese Personengruppen zudem nicht wirklich geschlechtsneutral behandelt, sie werden, grammatisch gesehen, zu Männern gemacht.

In diesem Sinne ist allüberall von Kunden, Verbrauchern, Verkehrsteilnehmern, Studenten, Arbeitern, Kandidaten und Wählern die Rede. So kennen die Beamtengesetze von Bund und Ländern nur »Beamte« in ihrer männlichen Form, denen dann etwa Schwangerschaftsurlaub gewährt werden muß, oder es werden »Verbraucher« über das von ihnen bevorzugte Waschmittel befragt. Ein Satz wie »Zwei Parlamentarier haben gegen die Vorlage gestimmt« ist also genaugenommen dreideutig: es können zwei Männer sein, es können eine Frau und ein Mann sein, oder es können auch zwei Frauen in ihrer Eigenschaft als Mitglieder des Bundestages sein. Eindeutig wird ein solcher Satz erst, wenn es beispielsweise heißt: »Zwei Parlamentarier und ihre Frauen nahmen an dem Empfang teil.«

Frauen haben gelernt, blitzschnell zu entscheiden, ob sie bei einer solchen Mehrzahlform mitgemeint sind oder nicht. Oft hilft ihnen dabei ein anderes Wort im Kontext, oder sie orientieren sich an der Wahrscheinlichkeit, der Tradition, der gängigen Praxis. Auf den Aushang »Die Schüler der 6. Klasse sollen morgen Schwimmzeug mitbringen« reagiert die Schülerin prompt entweder mit »Au fein, wir gehen schwimmen« oder mit »Immer die Jungen, wann haben wir denn mal Schwimmen«. Weil Frauen sich darauf aber zunehmend nicht mehr einlassen und die Begriffe beim Wort nehmen, d. h. die angeblich geschlechtsneutralen Wörter als geschlechtsspezifische verstehen, kommt es neuerdings zu Problemen, vor allem im politischen Bereich. »Kreuzen Sie die Kandidaten Ihrer Wahl an.« Ist diese Anweisung auf dem Stimmzettel grundgesetzwidrig?

Generische Mehrzahlbildungen rufen in unseren Köpfen im Regelfall Bilder von Jungen mit Badehosen oder von Kandidaten mit Schlips und Kragen hervor. Danach kann es aber wenigstens mit geschlechtsneutralen Pronomen weitergehen: »Die Kandidaten nannten ihren Namen und den Beruf, den sie ausübten.« Sehr viel stärker diskriminiert werden Frauen durch den generischen Gebrauch der Einzahl, wenn eine Person stellvertretend für eine ganze Gruppe genannt wird. Diese Person ist dann allemal männlichen Geschlechts. »Der Wähler entscheidet. Er bestimmt durch seine Wahlentscheidung über die Zukunft unseres Landes.« Der mündige Bürger, der Mann auf der Straße, der ferne Nächste, Otto Normalverbraucher, der Arbeitslose, der Arbeitgeber, der Gesetzgeber, der Schuldner, der Angeklagte, der Unterhaltsberechtigte (in einem Scheidungsprozeß!), so vor allem – noch – in der Rechtssprache, die allgemeingültig sein will.

Gerade in der Rechtssprache erweist sich die Behauptung der Allgemeingültigkeit, die durch den generischen Singular hergestellt werden soll, als bestenfalls sekundär. In ihrem Grundbestand stammen diese Gesetze aus einer Zeit, als Frauen nicht voll rechts- und geschäftsfähig waren, es tatsächlich nur männliche Schuldner und Gläubiger gab. So hieß es z. B. in der Schweizer Verfassung bis 1971 »Stimmberechtigt ist jeder Schweizer, der…« und dann folgte eine Altersangabe. Dieser Satz schloß bekanntlich Frauen nicht ein. Deshalb mußte, als das Frauenstimmrecht eingeführt wurde, ergänzt werden: »Stimmberechtigt sind alle Schweizer und Schweizerinnen…«

Was im Bürgerlichen Recht und im Grundgesetz endlich der Vergangenheit angehört, jedenfalls in der Theorie, ist in unserer Alltagssprache bis heute selbstverständliche Voraussetzung. Mensch im Vollsinne ist der Mann, die Frau eine zweitrangige Untergruppe. Mit Hilfe des weiblichen Genus können keine Aussagen über »den Menschen« gemacht werden. Die ferne Nächste? Die Wählerin entscheidet? Lieschen Müller ist eine spezielle Form von Otto Normalverbraucher und allemal etwas dümmer. Und wenn eine Sprechstundenhilfe einem Herrn der Schöpfung zuruft »Die Nächste bitte«, wird dieser erstaunt oder verärgert sagen »Aber ich bin doch dran«.

Noch stärker und durchgängiger werden Frauen durch den generischen Gebrauch der unbestimmten Pronomen in der Einzahl – jeder, einer, keiner, irgendwer, mancher, jemand, man, jeder/der, wer/der – ausgegrenzt und unsichtbar gemacht. Das führt zu grammatisch völlig korrekten Sätzen wie »Jemand hat seinen Lippenstift im Bad liegen gelassen«, »Die Periode ist bei jedem ein bißchen anders« oder »Jeder sollte seinen Mädchennamen behalten dürfen.«

Sprache und Bewußtsein

Diese sprachlichen Strukturen sind tief im Bewußtsein von Frauen und Männern verankert. Sprache ist das erste Abstraktionsmodell, das Kleinkindern ermöglicht, die auf sie einstürmende Vielfalt von Eindrücken zu ordnen und zu begreifen, auf den Begriff zu bringen. Für Menschen lernt ein kleines Mädchen erst konkrete Namen, dann, daß auf den Bruder mit er, auf sie selbst mit sie verwiesen wird, dann, daß alle Ers Buben oder Männer und alle Sies Mädchen oder Frauen sind. Sie lernt, daß es Bruder und Schwester, Vater und Mutter heißt, und nicht umgekehrt, und daß sie sich wie eine kleine Dame zu benehmen hat, der Bruder aber wie ein richtiger Junge. Sie merkt, daß er sie und ihresgleichen ungestraft als Weiber abtun kann und daß ihr kein vergleichbares Schimpfwort für seine Jungenclique einfällt. Später stellt sie fest, daß der Vater erwachsene Frauen gern Mädchen nennt. Den Bruder bezeichnet er aber als jungen Mann, während sie noch lange ein junges Mädchen bleibt.

Mit der Sprache lernt sie so die Geschlechtsdifferenzierung und die eigene Geschlechtsrolle. Das Bewußtsein der geschlechtlichen Identität ist mit drei Jahren abgeschlossen, etwa gleichzeitig mit der Sprachentwicklung. Und dabei hat sie erfahren und gelernt: Die Reihenfolge Vater – Mutter – Kind; Bruder und Schwester gilt nicht nur in der Sprache, sie gilt in der Realität. Die grammatische Reihenfolge entspricht einer sozialen Rangordnung, und diese Rangordnung spiegelt sich in den Worten, die für weibliche und männliche Menschen gebraucht werden und prägt die Erwartungen, die man ihr als Frau entgegenbringt. Und entsprechend reagiert sie.

Was heißt das für das Selbstbewußtsein eines kleinen Mädchens? Ich komme viel weniger vor. Ich komme wenn, dann an zweiter Stelle vor. Wenn ich dauernd »ich auch« sage, werden die anderen ungeduldig. Wenn ich mich einfach mitgemeint fühle, habe ich es leichter und komme zu mehr. Ich werde erst direkt, als Mädchen, angesprochen, wenn kein Junge da ist. Und wer mich einen kleinen Lausbub oder einen prima Kerl nennt, findet mich gut. Jedenfalls jetzt noch. Wenn ich groß bin, muß ich mich wie ein nettes Mädchen oder wie eine Dame benehmen. Sonst bin ich ein Mannweib oder eine Emanze, und ich werde von den Männern abgelehnt.

Das alles ist tief verinnerlicht, weil es mit den ersten zwischenmenschlichen Erfahrungen gelernt wird. Deshalb reagieren Frauen so aggressiv auf den Vorschlag, ihr Sprachverhalten zu ändern und sich die dahinter stehenden Wertungen bewußt zu machen. Sie müßten ihr Bewußtsein, ihr Selbst- und Rollenverständnis ändern. Sie könnten nicht länger nach Bedarf das abhängige kleine Mädchen sein und sich beschützen lassen. Sie müßten auf Angenommensein und selbstverständliche Zustimmung verzichten, müßten sich exponieren und Verantwortung übernehmen. Sie könnten sich nicht länger über einen Mann als »Frau von...« definieren, sondern müßten sich auf die Suche nach einer eigenen Identität jenseits aller gesellschaftlich vorgegebenen Rollenerwartungen begeben. Das wäre für viele Frauen zunächst sehr bedrohlich.

Für andere Frauen, die sich in bestimmten Bereichen an die Werte und die Sprache der Männergesellschaft angepaßt haben und dort betont »ihren Mann stehen« (ohne notwendig im Privatleben die vertrauten Rollenmuster abgelegt zu haben), ist die Forderung, Frauen sprachlich gleichzubehandeln, auf andere Weise bedrohlich. Sie fühlen sich mitgemeint und anerkannt, wenn sie mit »Liebe Freunde« angeredet werden, und würden sich hüten, eine Rede mit »Liebe Freundinnen und Freunde« einzuleiten, weil sie sich nicht in die Frauenecke stellen lassen wollen. Sie haben gelernt, die Welt aus der Perspektive der Männer zu sehen, und in dieser Perspektive sind Freundinnen Teil des anderen, des zweitrangigen, des nur im erotischen Bereich erstrebenswerten Geschlechts. Wenn sie die gesellschaftlichen Sprachregelungen verletzen und sich bewußt als Frau definieren, müssen sie fürchten, sich bei den Männern lächerlich zu machen, und wenn sie für alle Frauen sprachlich den gleichen Raum wie für Männer reklamieren, setzen sie die privilegierte Sonderexistenz, die sie sich so mühsam erworben haben, auf's Spiel.

Und wie reagieren die Männer auf feministische Sprachkritik? Zunächst durch absolutes Unverständnis. Ihnen ist die Gleichsetzung von Mensch und Mann und die normative Geltung ihres Mannseins, die ihnen in jedem Satz begegnet, völlig selbstverständlich, und sie können überhaupt nicht nachfühlen, was es bedeutet, sprachlich gar nicht oder nur als Ausnahme vorzukommen. Wenn Männer aber auf den Sexismus ihrer Sprache hingewiesen worden sind, scheiden sich die Geister. Viele Männer verharren dann darin, das Anliegen der Frauen lächerlich zu machen oder schlicht zu überhören. Faktisch ist feministische Sprachkritik eine Aufforderung zum Verzicht auf Macht und Privilegien, Verzicht auf Dominanz und Überlegenheit, die die Sprache den Männern zuschreibt. Und die Mächtigen können diese Aufforderung trivialisieren, einfach überhören oder sogar unterdrücken.

Die Auswirkungen einer sexistischen Sprache auf das Selbstwertgefühl und die gesellschaftliche Position von Frauen sind evident. Weil Sprache Frauen unter die grammatisch männlichen Formen subsumiert, macht sie sie unsichtbar und scheinbar geschichtslos. Wer stellt sich Maria Magdalena vor, wenn vom Jüngerkreis die Rede ist? Wer denkt an Rosa Luxemburg, wenn an ermordete Arbeiterführer erinnert wird? Wer weiß, daß die Väter des Grundgesetzes erheblich von vier Müttern in der verfassunggebenden Versammlung zu lernen hatten? Weil die Existenz und die Leistung von Frauen in gemischten Gruppen nicht ausdrücklich erwähnt werden, werden Frauen weniger leicht zu solchen Leistungen motiviert. Es gibt für sie keine befreienden Vorbilder, keine Identifikationsmodelle.

Frauen übernehmen notwendig das Bild, das die Sprache von ihnen zeichnet. Wie können sie Selbstachtung und die Achtung anderer Frauen lernen, wenn Frauen in dieser Sprache nicht oder nur abwertend vorkommen? Wieviel Resignation kann in dem Satz liegen »Ich bin ja nur ein Mädchen«. Mit wieviel Verachtung in der Stimme können Frauen sagen »Da geh ich nicht hin, zu viele Weiber...«. Wie schnell sind Frauen bereit, sich mitgemeint zu fühlen, statt gegen Nichtachtung zu protestieren. Wie soll eine Frau auch richtigstellen, wenn sie als »Frau von...« vorgestellt wird, daß sie eine eigene, nicht von Männern abgeleitete Existenz hat? Sie trägt ja noch nicht einmal ihren eigenen Namen.

Die Sprache erschwert es Frauen, sich einfach und selbstverständlich »gleich« zu fühlen und zu verhalten. Frauen haben die Wahl zwischen freiwilliger Selbstbescheidung und mühsamer Selbstbehauptung. Es bedarf einer besonderen Anstrengung, Frauen extra zu benennen, die Frauen Männern nicht dauernd zumuten mögen und sich auch selbst nicht ständig herausnehmen – oder die sie aggressiv wahrnehmen. Frauen müssen sich erst ermutigen, sich auf eine Anzeige voller geschlechtsneutral gemeinter, aber grammatisch männlicher Oberbegriffe zu bewerben oder männlich formulierte Rechte und Chancen für sich in Anspruch zu nehmen. Und wo Frauen diese Schwellen überspringen und sich in eine männliche Domäne hineinbegeben, da sind sie immer noch doppelt gefordert und doppelt exponiert.

Manche Frauen ziehen es deshalb vor, von sich als Facharzt für..., Diplomkaufmann oder Bundesminister zu reden. Sie wollen keine nur abgleitete Berufsbezeichnung. Sie wollen vergessen machen, daß sie eine Frau sind, und deutlich machen, daß sie eine Position kompetent füllen, unabhängig von ihrem Geschlecht. Andere bemühen sich um geschlechtsneutrale Oberbegriffe und sagen »das Bundesministerium« statt »der bzw. die Bundesminister/in« oder »Teilnehmende«, »Studierende«, »Geistliche«.

Beide Vorgehensweisen werden auf die Dauer an der gesellschaftlichen Realität nichts ändern. In einer weiterhin männlich geprägten Gesellschaft bleiben Männer die Norm und Frauen unsichtbar. Der weibliche Bundesminister beweist, daß Politik eigentlich etwas für

Männer ist. Und es wird dann zwar nicht mehr a) die Studenten und b) den Sonderfall der Studentinnen, aber doch weiterhin a) die Studierenden und b) den Sonderfall der weiblichen Studierenden geben. Der einzig erfolgversprechende, wenn auch sicher mühsame Weg, die Macht der männlichen generischen Begriffe zu brechen, ist es, sie konsequent als geschlechtsspezifische zu verstehen und für Frauen die weibliche Form einzufordern, wie ich es bei der Unterhaltung mit der Ärztin getan hatte. – Nur durch dieses sogenannte »Splitting«, also die Nennung der weiblichen und der männlichen Form nebeneinander, können Frauen angemessen sichtbar gemacht werden. Nur so können Männer lernen, daß sie nicht das Ganze, die Norm, der Mensch schlechthin sind, sondern eine von zwei durch ihr Geschlecht bestimmte, im übrigen aber gleichrangige Gruppen. Nur so können auch faktische Ungleichheiten aufgedeckt werden. Der Satz »Alle Arbeiter erhalten gleichen Lohn für gleiche Arbeit«, bewirkt folgenlose Zustimmung. Der Satz »Arbeiterinnen und Arbeiter erhalten gleichen Lohn für gleiche Arbeit« zielt auf Veränderung. Erst wenn es heißt »Kreuzen Sie die Kandidatin oder den Kandidaten Ihrer Wahl an«, fällt auf, daß es gar keine Kandidatin oder sehr wenige auf der Liste gibt. Und daß das in der Demokratie nicht normal, sondern höchst unnormal ist.

Das letzte Beispiel zeigt noch einmal sehr deutlich, daß die Wörter nicht nur Bedeutungsträger sind, sondern noch andere, emotionale und handlungsbezogene Funktionen erfüllen. Natürlich kann in einer Gesellschaft gelten, daß »Kandidaten« Personen sind, die sich um ein Wahlamt bewerben, unabhängig von ihrem Geschlecht. Aber die gleichberechtigt gebrauchte Form »Kandidatin« stärkt die Selbstachtung von Frauen, motiviert sie zur Übernahme von politischer Verantwortung und schafft neue Leitbilder. Sie begrenzt den Machtanspruch von Männern, deckt Ungerechtigkeit in der Verteilung von gesellschaftlichen Chancen auf und trägt so einen Impuls zur Veränderung in sich. Sprache spiegelt nicht nur Wirklichkeit, Sprache schafft auch Wirklichkeit, indem sie neue Beziehungen herstellt oder alte, ungerechte Beziehungen durch ständigen, nicht hinterfragten Gebrauch festschreibt.

Grundsätzlich hat Sprache jedoch eine konservative Funktion. Sie beschreibt gegebene Wirklichkeit, das Mehrheitsbewußtsein, den Status quo und hinkt immer hinter neuen Entwicklungen her. Wir werden ja in die Sprache hineingeboren und bilden unser Bewußtsein und gestalten unser Sprachhandeln mit ihrer Hilfe. Es bedarf einer bewußten Anstrengung, anders zu sprechen, als wir es verinnerlicht haben und als es Brauch ist. Insbesondere die grammatischen Regeln der Sprache widersetzen sich schnellen Veränderungen, weil grammatisch »richtiges« Sprechen und Schreiben hochautomatisierte geistige Vorgänge sind.

Deshalb haben die beiden radikalen Therapievorschläge, die die Linguistin Luise Pusch für die Männersprache vorgelegt hat, auch wohl wenig Chancen der Verwirklichung. Logisch und wirklich gerecht wäre es, wenn wir unser dreiteiliges Genussystem dahingehend nutzen, daß wir für die geschlechtsneutralen Begriffe nicht das Maskulinum, sondern das Neutrum benutzen. Dann gäbe es »das Student – es« als generische Form neben den geschlechtsspezifisch zu verstehenden weiblichen und männlichen Formen. Ohne einen derartigen Eingriff in den Formenbestand der Grammatik, aber die Machtverhältnisse in der Sprache und die Sprachgewohnheiten genau umkehrend, wäre der zweite Vorschlag. Für ein paar tausend Jahre wird die weibliche grammatische Form als generische Form definiert. »Jede Studentin« wäre dann eine geschlechtsneutrale Aussage, die jeden Student einschließt, was vom Lautbestand des Wortes her auch stimmt.

Am ehesten kommt es zu Veränderungen der Männersprache auf der Ebene der einzelnen Worte und Wortbedeutungen. Das Wort Fräulein als Anrede und Bezeichnung unverheirateter Frauen verschwindet zunehmend aus dem öffentlichen Sprachschatz und hält sich nur noch als Pendant zu »Ober« in Gaststätten. Der geschlechtsneutrale Begriff Auszubildende für »Lehrling« ist durch Ausbildungsordnungen eingeführt worden und hat sich weitgehend durchgesetzt. Die Bezeichnungen Ministerin, Beamtin, Kauffrau,

Amtsfrau kommen zunehmend in Gebrauch und finden zum Teil schon ihren Niederschlag in entsprechenden Ordnungen. Daß »jedermann« oder »alle Mann hoch« wenig sensible Ausdrucksweisen für gemischte Gruppen sind, stößt zumindest auf Verständnis, wenn es auch vielen »noch so rausrutscht«. Interessant ist, daß neue Wörter auch neue mitschwingende Bedeutungen in ein Konzept einführen können. »Geschwisterlich«, das im Raum der Kirche zunehmend in Gebrauch kommt, hat andere Dimensionen des solidarischen Miteinanders von Menschen unterschiedlicher Art als das Wort »brüderlich«.

Es gibt aber auch eine Reihe von Veränderungen auf der Ebene der Grammatik, die nicht oder nur geringfügig in den Regelbestand eingreifen und doch die Normativität des Männlichen unterlaufen. Keine Schwierigkeiten macht, die weibliche Form stets vor der männlichen zu nennen, sozusagen im Sinne einer positiven Diskriminierung, bis Frauen und Männer wirklich gleichberechtigt sind und die für eine Aussage tatsächlich wichtigere Gruppe vorangestellt werden kann.

Eine weitere Möglichkeit, die im Rahmen der geltenden Regeln bleibt, ist, den generischen Gebrauch der männlichen Form im Singular aus dem Sprachschatz zu streichen und dafür die Mehrzahl zu setzen, weil dann die folgenden Pronomen in jedem Fall geschlechtsneutral ausfallen. Selbst eine männliche Mehrzahlbildung wie »alle Patienten« ist besser als »jeder Patient«, weil Patienten eben »ihre« Probleme haben und nicht »jeder seine«.

Konsequent müßte es allerdings »die« bzw. »alle Patientinnen und Patienten« heißen. Das Nennen beider Formen kann leicht ad absurdum geführt werden, wenn es auf im übrigen unveränderte, komplizierte Sätze angewendet wird. Dann entstehen Sätze wie »Der Präsident oder die Präsidentin und sein oder ihr Stellvertreter bzw. seine oder ihre Stellvertreterin...« Ich bin nicht sicher, ob es solche Satzungetüme in der Rechts- und Verwaltungssprache geben muß und welche Lösungen auf die Dauer dafür zu finden sind. Aber in der gesprochenen Sprache kommen solche Sätze doch höchst selten vor.

Viele Probleme lassen sich dadurch vermeiden, daß Substantive durch entsprechende Verbformen ersetzt werden. Statt »Ich bin Radfahrer« bzw. »Radfahrerin« heißt es einfach »Ich fahre Rad« und statt »Radfahrerinnen und Radfahrer sind in der Großstadt besonders gefährdet« heißt es »Menschen« oder »Personen« oder »Frauen und Männer, die in der Großstadt Rad fahren, sind besonders gefährdet«. Solche verbalen Aussagen sind zudem offener, legen Menschen weniger lieblos und bürokratisch auf einzelne Eigenschaften fest.

Am schwierigsten ist wohl das Problem der unbestimmten Pronomen zu lösen. Hier zeichnen sich jedoch Möglichkeiten ab, grammatisch nicht ganz korrekte Formen zu gebrauchen und gebräuchlich zu machen. Solche Inkonsistenzen, an die viele Frauen sich in den letzten Jahren gewöhnt haben und die ihnen gar nicht mehr falsch erscheinen, sind z. B. »Jemand hat ihren (statt: seinen) Lippenstift im Bad gelassen.« »Ist hier jemand, die ihren (statt: der seinen) Schlüssel noch nicht abgegeben hat.« »Wer den Schlüssel noch nicht abgegeben hat, die sollen (statt: der soll)...«

Zu welchen sprachlichen Konventionen das Bemühen um sprachliche Gleichbehandlung auf die Dauer führen wird, läßt sich noch nicht absehen. Wichtiger als die Suche nach konsequenten Lösungen der Sprachprobleme scheint mir, daß neue Formen überhaupt ausprobiert werden. Jede unerwartete Einfügung einer weiblichen Form, jede kleine Inkonsistenz zugunsten von Frauen läßt aufhorchen und macht die bisherige selbstverständliche Ungleichbehandlung bewußt.

Ein gewisser Sprachwandel bahnt sich in der Öffentlichkeit bereits an. Wo es zählt, wo Männer gewählt werden wollen, wo die Industrie Produkte absetzen will, wo der Staat Prozesse vermeiden und Verordnungen eindeutig fassen will, da bemühen sie sich, Frauen und Männer gleichermaßen persönlich zu nennen und anzusprechen. Bemerkenswerterweise ist die ursprüngliche Fassung der Volkszählungsbögen eingestampft worden, weil die dort gebrauchte männliche Grundform es Frauen ermöglicht hätte, sich der Volkszählung mit dem Argument zu entziehen, sie seien ja nicht gemeint. Durchsetzen werden sich Sprachveränderungen, wenn ein politischer Wille dahintersteht. Ein wichtiger Faktor sind die Medien. Normsetzend werden vor allem geänderte Gesetze, Richtlinien, Verordnungen, Ausbildungsordnungen usw. wirken. Seit Mitte der achtziger Jahre gibt es Richtlinien für die nicht-diskriminierende Ausschreibung von Stellen sowie Empfehlungen und Runderlasse für die sprachliche Gleichberechtigung in politischen Gremien und in staatlichen Schulbüchern. Dieser Sprachwandel ist ebenso irreversibel wie der Prozeß der Gleichberechtigung der Frauen insgesamt.

Hanne Köhler

Atem des Lebens, Quelle, Freundin

In lebendigen eigenen Worten mit Gott reden

Mit anderen Worten
wollen wir sagen
wer du uns bist

Ich-bin-für-euch-da
mit anderen Worten
Gott nährend und bergend

Gott abba der Menschen
verletzlich nahe
mit anderen Worten
Christel Voß-Goldstein

Problemanzeige

»Also ich weiß nicht warum, aber wenn meine Kinder krank sind und ich bete, dann stelle ich mir Gott immer als Mutter vor, als Mutter, die versteht und für uns sorgt.«

Gott Mutter statt Gott Vater klingt immer noch ungewohnt. Was die junge Frau mir privat erzählte, hat nur selten Raum in der offiziellen Kirche. Dort sind die Plätze und Bilder besetzt von »Herr«, »allmächtiger König«, »Herrgott«, »Vater« und »Herrscher«.

In unserer modernen westlichen Industriegesellschaft ohne königliches Staatsoberhaupt und ohne Großfamilie mit einem Hausvater sind dies für viele erstarrte Bilder, die sich nicht mit eigenen Erfahrungen decken. Sie appellieren an ungestillte Sehnsüchte nach Geborgenheit, aber auch an Gefolgschaftsdenken und Allmachtsphantasien. So sind patriarchale Gottesbilder Denkmäler einer längst vergangenen Zeit und bergen zugleich Gefahren, die nicht auf ihre gesellschaftlichen Folgen durchdacht sind.

Weil ich nicht glaube, daß Kirche und Christentum unrettbar patriarchal sind, versuche ich, wie andere auch, anders mit Gott und über meinen Glauben zu reden. Jahrhundertelang hat Gott es ausgehalten, als Herr und König angeredet zu werden. Frauen, Kinder und Männer, und damit auch Gott hat diese Sprachweise geformt und verformt.

Wie wir von Gott reden, zeigt die Macht des Patriarchats

Daß Gott sich nicht umfassend mit unserer begrenzten Sprache beschreiben läßt, ist allen einleuchtend. Gott ist kein Gegenstand, den ich definieren kann. Sonst wäre ich Subjekt und Gott ein mir verfügbares Objekt. Dennoch sind wir Menschen darauf angewiesen, von unseren Erfahrungen mit Gott zu reden. Wir tun dies in der Sprache, die wir gelernt haben, und mit dem Wertsystem, in dem wir leben. Eine junge Frau aus der Gemeinde, in der ich lebe, sagt: »Ich habe mir Gott immer als Mann vorgestellt.« Die Kindergebete mit »lieber Gott« und »Vater, laß die Augen dein...« waren erfolgreich.

Wie ich von Gott erzähle, verrät viel über mich und über die Gesellschaft, in der ich lebe. Welche Erfahrungen und Worte in einer Gesellschaft normativ werden und weitererzählt werden, läßt Rückschlüsse auf das Herrschaftsgefüge dieser Gesellschaft zu.

In einer Gesellschaft wird sich immer der höchste Wert im Gottesbild spiegeln. Was am meisten beachtet wird, wird verwendet, um Gott zu beschreiben. Die Bibel und die kirchliche Tradition ist in patriarchalen Gesellschaften entstanden. Die Herrschaftserfahrungen flossen natürlich in die Sprache mit hinein. Die Tradition wurde weitgehend von Männern schriftlich fixiert. Das hat Folgen bis heute. Zu allen Zeiten waren Menschen versucht, sich in Gott ihr Spiegelbild zu schaffen. In einer Gesellschaft, in der Männer herrschten, wurde Gott als männlicher Herrscher beschrieben.

Daß auch Frauen sich in diese patriarchale Herrschaftssprache eingeübt haben und sie bis heute verwenden, zeigt, wie sehr sie die ihnen gesellschaftlich zugeschriebene Minderwertigkeit verinnerlicht haben. Dieser Mechanismus ist ein bekannter Vorgang: Jedes Unterdrückungssystem stabilisiert sich dadurch, daß den Opfern systematisch eine eigene Sichtweise und ein alternativer Entwurf zum Bestehenden abgewöhnt wird. Patriarchale Sprache im Mund von Frauen signalisiert, daß vielen Frauen der schmerzhafte Prozeß noch bevorsteht, die eigene Situation wirklich wahrzunehmen und das bisherige Leben an eigenen Werten zu überprüfen.

Wir als Ebenbilder Gottes

In der Theologie wird nirgends ernsthaft behauptet, Gott sei ein Mann – sondern eher: Gott sei weder Mann noch Frau. In der Bibel gibt es sehr unterschiedliche Gottbilder: z. B. Gott wie Wind, wie Regen auf dürres Land, Gott wie ein Fels, wie ein Hauch u. ä.

Neben diesen Bildern aus dem Bereich der Natur gibt es auch menschliche Gottbilder, wie z. B. Gott, der Vater, der im Himmel die Wohnungen bereitet hat, oder Gott die Amme, die uns die Kinder wiegt.

Menschen haben Gott als Gegenüber erlebt und Erfahrungen mit Gott gemacht, die an Erfahrungen mit Menschen erinnern. Bestimmte menschliche Eigenschaften und Verhaltensweisen wurden mit Gott in Verbindung gebracht. In Begegnungen mit Frauen und Männern, Mädchen und Jungen konnte Gott, Göttliches erfahren werden. Die Menschen erlebten sich nicht als radikal von Gott getrennt, sondern auf besondere Weise auch Gott ganz nah. Diese alte theologische Erkenntnis wurde z. B. in der Schöpfungserzählung aufgenommen, wenn es heißt, daß Gott sich die Menschen zum Bilde schuf, und zwar als Frau und Mann. Frau und Mann wurden, zuweilen, als Ebenbilder Gottes erlebt. So konnten und können Erfahrungen mit Frauen und Männern, Mädchen und Jungen, Worte leihen, wenn von Erfahrungen mit Gott erzählt werden soll.

Theoretisch müßten weibliche und männliche Gottesbilder

gleichberechtigt sein, sonst wäre ja ein Geschlecht gottähnlicher, gottebenbildlicher als das andere. Schon in der Bibel überwiegen allerdings männliche Gottbilder. Noch stärker treten dann in der kirchlichen Tradition Vater-Gott und Herr-Gott in den Vordergrund.

Authentisch bleiben

Wenn die Bibel oder die Liturgie nur historische Dokumente einer längst vergangenen Zeit wären, dann könnte es mir gleichgültig sein, wenn Gott als männlicher Herrscher gedacht und beschrieben wird. Aber ich möchte heute als Frau mit der Bibel leben und die kirchliche Tradition nicht an die aufgeben, die damit ungerechte Strukturen stützen. Ich glaube, daß es sich immer noch lohnt, Gott zu suchen und von Gott zu erzählen. Die alten Vorstellungen und Bilder jedoch haben für mich ausgedient.

»Herr« und »König« sind verstaubte Relikte aus einer lange vergangenen Zeit, ohne Bezug zu meinem Alltag. Ein König, ein Mann auf dem Thron, ist für uns längst nicht mehr der höchste Wert. Ein königlicher Herrscher ist längst nicht mehr das, was wir kennen und so achten, daß wir Gott mit solchen Bildern beschreiben wollen. Unsere Vorstellungen, unsere Werte und unser Selbstverständnis haben sich geändert. Wenn ich von meinen Erfahrungen mit Gott erzähle, muß ich das in meiner heutigen Sprache und mit Bildern aus unserer Zeit tun. Sonst bleibe ich unverständlich oder irrelevant für andere und in mir selbst gespalten.

Manche Worte haben ihre Bedeutung gewechselt

»Herr« ist eine der gebräuchlichsten Anreden für Gott in Liedern, Gebeten und religiösen Texten. Außerhalb der Kirche ist »Herr« heute umgangssprachlich einfach die höfliche Anrede für Männer. Ein Kind, das fragt: »Immer heißt es Herr Gott, wo bleibt denn die

Frau Gott?« zeigt deutlich: Die Formel Herr beschreibt in heutigem Verständnis Gott zuallererst als Mann. Ebenso erinnern Wendungen wie »unser Herr Jesus Christus« zunächst vor allem daran, daß Jesus von Nazareth ein Mann war.

Daß es für die ersten christlichen Gemeinden ein gefährliches politisches Bekenntnis war, von Jesus Christus als ihrem Herrn zu reden, ist nicht mehr unmittelbar einleuchtend, sondern muß erst erläutert werden. Jesus als Herrn zu bekennen, hieß die Macht des römischen Kaisers, der Herr sein wollte, einschränken und konnte das Leben kosten. Heute ist »unser Herr Jesus« genau wie der »Herrgott« zu einem frommen Wort geworden, das nur selten politisch gemeint ist.

In der Theologie wird an der Gottesanrede »Herr« festgehalten mit der Begründung, daß diese Gottesanrede eine herrschaftskritische Funktion hat. Jedoch kann ich nicht erkennen, daß ein Herr im Himmel die Herrschaft der Herren auf dieser Erde bisher beeinträchtigt hat. Eher lohnt es sich zu untersuchen, welche Herrschaft die Kirche jeweils gestützt hat, während sie lehrte, Gott sei der einzige Herr.

Ich erkläre mir die auffallende und einseitige Häufung von »Herr« in liturgischen Texten, Gebeten und Liedern auch damit, daß die Bedeutung unbestimmt bleibt oder sich erst durch den Kontext erschließt. Manchmal kann »Herr« Gott meinen, manchmal »Christus«, manchmal auch irgendeinen Mann.

Die Akzeptanz von »Herr« scheint mir damit zusammenzuhängen, daß verschiedene Menschen darunter im gleichen Moment unterschiedliches verstehen können. Sicher ist, daß »Herr« in jedem Fall ein männlicher Titel ist. Was dies für das Selbstverständnis von Männern bedeutet, kann ich nur vermuten. Ich als Frau weiß bei der Anrede »Herr« immer, daß ich nicht gemeint bin.

Warum will ich Gott nicht ständig als Mann bezeichnen und anreden?

1. Weil es theologisch falsch ist. Gott ist genausowenig Mann wie Frau;

2. weil die Anrede Gottes als Mann die Herrschaft von Männern auf Erden unterstützt und festigt. Eine Gemeinschaft von Frauen und Männern in der Kirche kann nie existieren, wenn nur das männliche Geschlecht für würdig genug geachtet wird, um Gotteserfahrungen zu umschreiben;

3. weil ich Gott anders erfahre. Gott als Mann und König hat in meinem Leben keine Bedeutung. Meine Hoffnung auf Gott gründet in anderen Erlebnissen und Vorstellungen. Wenn überhaupt, dann erfahre ich Nähe Gottes, wenn ich festen Boden unter den Füßen spüre, wenn ich wie aus einer Quelle neue Kraft schöpfen kann, wenn mich eine philippinische Ordensfrau anlächelt und sagt, »ich bin auferstanden, seit ich keine Angst mehr vor dem Tod habe«, wenn ich den Mut habe, mich aufzurichten und offen widerspreche.

Statt aufgedrängte Formeln lebendige eigene Worte

Alles, was ich sage, kann nur glaubwürdig klingen, wenn ich von Gott so erzähle, wie ich es erlebe. Jede und jeder hat eigene Erfahrungen. Über unsere Erfahrungen mit Gott, unsere Hoffnungen, unsere Glaubensvorstellungen, reden wir selten miteinander. Wenn wir ausnahmsweise doch miteinander reden, dann oft mit den alten traditionellen Formeln.

Wie klingt es, wenn wir uns trauen, unsere eigenen Erfahrungen in Worte zu fassen? Wenn wir unserer Sehnsucht Worte geben? Nicht mit aufgedrängten erstarrten Formeln, sondern mit meinen eigenen lebendigen Worten will ich von und zu Gott reden. Dabei entdecke ich immer wieder, daß ich mit meinen Worten und Bildern nicht alleine stehe, sondern viele Frauen (und Männer) ähnlich fühlen und glauben.

Ich denke z. B. an eine Gesprächsphase während einer Veranstaltung der Frauenwerkstatt des Kirchentages 1989 in Berlin. Die Frauen versuchten, Elemente ihrer Gotteserfahrung in eigene Worte zu fassen. Daraus wurde ein Dankgebet, in dem die Worte einzelner aufgenommen wurden durch den gemeinsamen Kehrvers [1]:

Anregend vielfältig waren die Worte, die die Frauen fanden:

- Gott, du Quelle, aus der ich trinke
  Gott, du Fluß, der mich trägt
- Gott, du Freundin, die mit mir über das Unrecht weinen kann
- Gott, du Kraft, aus der ich lebe
- Gott, du klarer Klang, der mich sicher durch den Lärm führt
- Gott, du bist für mich Wärme und Geborgenheit, die ich durch andere Menschen erfahre
- Gott, du Kraft, die ich spüre, von den Zehenspitzen bis zum Scheitel und darüber hinaus
- Gott, du bist ein Lachen im richtigen Moment, das wie Erlösung ist
- Gott, du Feuer, das mich ansteckt
  Gott, du Erde, in der ich wurzle
  Gott, du Ruhe, in der ich mich bette und aus der ich gestärkt aufstehe
- Gott, du bist die Lust, die lebendig hält.
  In der Quelle der Lust spiegeln sich meine Freude und mein Erschrecken über mich. Was geschieht, wenn ich außer mir bin? Ich möchte mich fallen lassen und fühlen und schmecken und mich neu sehen lernen.

- Sei mir, Gott, wie eine Katzenmutter, die ihre Kinder anleitet, die sie lehrt, für sich zu sorgen und sich zu wehren, und die sich in der Gefahr fauchend vor mich stellt und beizeiten losläßt, so daß ich eigenständig werde.

Die einseitige Rede von »Herr und Vater« läßt sich auf vielfältige Weise überwinden. Gott kann ich außerhalb des patriarchalen Gefängnisses anreden als

- Gott, Du Anfang und Ende
- Du mitreißende Liebe
- Du Brunnen unserer Kraft
- Atem des Lebens
- Gott, Du Ursprung unseres Seins
- Gott am Morgen, am Mittag und am Abend des Lebens
- Gott, unsere Freundin, unser Freund
- Gott unserer Mütter und Väter
- Quelle des Lebens [2]

Wie alle Bilder für Gott können auch diese Anreden nicht Geltung für alle Ewigkeit beanspruchen. Die Gottesanreden sind ebenso veränderbar wie das Leben und die Gottbeziehung von Kindern, Frauen und Männern. Jedes einzelne Bild muß untersucht werden, ob es in der Praxis wirklich Befreiung ermöglicht oder ob und welche Ideologie und Herrschaft ein bestimmtes Bild stützt.

Mich durch neue Worte von veralteten Vorstellungen lösen

Manchmal versuche ich, weibliche und männliche Gottesbilder gleichberechtigt nebeneinander zu stellen oder ein unvermeidbares männliches Gottesbild im Gottesdienst an anderer Stelle durch ein weibliches Gottesbild wieder zu öffnen. Dieses Vorgehen ist nicht unproblematisch. Ich bin immer in Gefahr, geschlechtsspezifische Rollenstereotypen in bezug auf Gott zu wiederholen und damit zu festigen. Wenn ich z. B. von Gott als »gerechtem Vater und treusorgender Mutter« reden würde, würde ich einseitig dem weiblichen Geschlecht Emotion und dem männlichen Geschlecht kognitive Fähigkeit zuordnen. Diese geschlechtsspezifische Zuordnung und die damit verbundene Abwertung aber hat Frauen lange genug in ihren Lebensmöglichkeiten eingeschränkt. Ebensogroß ist die Gefahr, durch die Hinzufügung weiblicher Bilder die Akzeptanz eines an sich männlich dominierten Gottesbildes zu erhöhen. »Gott, DER du uns begegnest wie eine Schwester...« würde nur die weibliche Seite Gottes in die männliche vereinnahmen. Das Männliche bliebe das vermeintlich umfassendere Geschlecht, das zuweilen durch weibliche Züge und Bilder bereichert wird.

Für viele Frauen geht es nicht darum, Vater-Gott durch Mutter-Gott zu ersetzen oder den männlichen König durch eine Himmelskönigin. Die Anreden Mutter und Himmelskönigin sind so berechtigt (aber auch so einseitig) wie die bisher in der Kirche gebräuchlichen Anreden für Gott. Sie sind als Bilder weniger verbraucht und deshalb lebendiger. Zudem unterstützen sie durch Aufwertung des bisher geringgeschätzten weiblichen Geschlechts eine Umwertung zugunsten der bisherigen Opfer.

Dennoch halte ich Mutter genauso wie Vater, König genauso wie Himmelskönigin für eine anachronistische Redeweise. Wir Menschen sind erwachsen geworden (auch wenn die Realität manchmal den Blick für diese Tatsache verstellt) und haben keine göttlichen Eltern, die die Verantwortung tragen und schon geradebiegen werden, was wir anrichten. Wir sind für unser Handeln und Unterlassen selbst verantwortlich. Mir ist es suspekt, daß Menschen in einer »Welt des Machbaren« dazu neigen, Gott gegenüber immer wieder in die Rolle eines Kindes zu schlüpfen. Bei dem, was Menschen auf dieser Erde anrichten, macht es nur einen graduellen Unterschied, ob die Beruhigungsformel im Hintergrund lautet: »Der allmächtige Vater wird es schon richten« oder »Die große Mutter wird es schon machen«.

Wenn mein Reden mit Gott den Eindruck erweckt, ich sei ein unmündiges Kind, dann ist dies nicht nur abstoßend für Nicht-Kirchlich-Verbogene, die sich mit Recht gegen Fremdbestimmung wehren, sondern entspricht auch nicht meinem Alltag als Frau, die ihr Privatleben und ihren Beruf sehr wohl strukturieren und selbständig bewältigen kann. Gott ist für mich weder der patriarchale Vater noch die große Übermutter, sondern eher Freundin/Freund. Mit dieser Vorstellung verbinde ich u. a. Nähe, kritische Begleitung, Unterstützung, Hilfe, respektiert werden, Eigenverantwortung, eine Balance von Geduld und Ungeduld, Anforderungen an mich, unverdient beschenkt werden.

In Kirche und Theologie wird u. a. an der Gottesanrede »Vater« festgehalten mit dem Argument, Jesus habe Gott so angeredet. Ich will nicht bestreiten, daß Jesus Gott vermutlich als »abba« (aramäisch Vater) angeredet hat. Neuere Untersuchungen legen allerding nahe, daß diese Gottesanrede für Jesus von Nazareth weniger zentral war, als uns die christliche Tradition glauben macht.[3] Die Vorstellung von Gott als Vater scheint eher für das Matthäusevangelium als für Jesus grundlegend zu sein.

In der Gottesanrede »Vater«, so wird immer wieder behauptet, würde die Nähe, Fürsorge und liebevolle Zuwendung Gottes in besonderer Weise ausgedrückt. Ich habe in verschiedenen kirchlichen Kontexten festgestellt, daß Frauen (und Männer?) heute mit dem Wort »Vater« andere Assoziationen verbinden. Vatergott läßt eher an Respekt, Gerechtigkeit und Autorität denken als an Nähe und Geborgenheit. Diese emotionale Wärme wird, vermutlich aufgrund der noch üblichen gesellschaftlichen Arbeitsteilung, eher mit dem Wort »Mutter« verbunden. Vielleicht kommt das Bild »Mutter« dem, was Jesus mit »abba« gemeint hat, näher als die deutsche Übersetzung »Vater«. Ich finde es zunächst auffällig, daß im Deutschen »Vater« eher mit Urheberschaft (»Vater der Glühbirne«) verbunden wird als mit kontinuierlicher Sorge.

Menschen, die Gott als Mutter oder Vater anreden, sprechen allerdings auch aus, daß sie Gott als Ursprung ihres Lebens sehen und daß sie sich dieses Leben nicht selbst verdanken. Diese, im Zeitalter der Gentechnologie zunehmend wichtige Lebenshaltung fasse ich lieber in andere Worte, wie z. B. Gott ist die Quelle meines Lebens; Gott ist die Kraft, die Leben gebiert.

Nicht nur suspekt, sondern gefährlich erscheint mir die kirchliche Praxis, Gott als König anzureden (oder der in Frauenkreisen gefundene Ersatz Himmelskönigin). In einer Welt, in der es angesichts transnationaler Konzerne und wirtschaftlicher Verflechtungen zunehmend unmöglich wird, Verantwortung und Macht zu lokalisieren, geschweige denn zu personalisieren, kann die Rede von Gott als König entweder Gott als Lückenbüßer (wohl kaum Lükkenbüßerin) für auf Erden Vermißtes einsetzen oder deutlich machen, daß Gott mit dieser Welt nichts zu tun hat.

Sich einen guten König oder eine weise Königin herbeizusehnen, trägt zur Lösung heutiger Probleme nichts bei. Eher übt dieser Sprachgebrauch hierarchische Vorstellungen ein, für die Menschen in Krisensituationen, wenn alte Werte brüchig werden und neue noch nicht tragen, besonders anfällig sind. Mag sein, daß die Anrede König für Gott damals die Macht existierender Könige begrenzt hat und so zu mehr Gerechtigkeit beigetragen hat. Heute hat die gleiche Anrede eher herrschaftsstabilisierende Wirkung, anstatt basisdemokratische Ansätze zu stärken.

Gott, Göttin oder Gott/in

Ich habe bisher unproblematisiert weiter die Bezeichnung »Gott« verwendet. Einige Theologinnen haben sich entschieden, von »Göttin« zu reden oder »Gott/in« zu schreiben.[4] Beide Redeweisen machen unmißverständlich sichtbar, was in der Theologie wenigstens zuweilen theoretisch zugestanden wird, dann aber keine praktischen Konsequenzen hat, daß die Gottheit genausogut weiblich wie männlich angeredet werden kann, weil sie unsere Kategorien von weiblich und männlich sprengt. Im Sinne ausgleichender Gerechtigkeit »für die nächsten paar tausend Jährchen« ist gegen die Anrede »Göttin« nichts einzuwenden. Ebenso kann es nur von Vorteil für den Zugang zur befreienden Botschaft des Evangeliums sein, wenn im Gottesbild ein Identifikationsangebot für bisher benachteiligte Frauen gegeben ist. Vielleicht kann das Bild »Göttin« die HERRschenden Ideologien eher kritisch hinterfragen, als dies gewohnte Gottvorstellungen bisher taten.

Die Reaktionen von Theologen auf diese Redeweise sind allerdings überwiegend aggressiv. Bisweilen werden ungeschützt alte Vorurteile wieder in die Diskussion eingeführt wie: das männliche Geschlecht sei als das umfassendere für Gottesbezeichnungen geeigneter. Bemerkenswert ist es für mich immer, wenn ein männlicher Kollege mich mit besorgter Miene fragt, ob die Frauen mit der Göttin nicht in Gefahr ständen, sich ihr Spiegelbild zu schaffen. Warum wohl verteidigen Männer ihr männliches Spiegelbild in Gott, wo doch weibliche Gottesbezeichnungen sie vor dieser Gefahr schützen könnten? Ebensowenig zu Ende gedacht erscheinen mir Einwände gegen die Anrede »Göttin« wegen der erotischen Dimension der Gottesbeziehung. Es könnte doch den vielen, oft verwitweten und alleinlebenden Frauen in der Kirche nicht einfach ihr Herr-Gott genommen werden! Heißt dies in der Konsequenz, daß gerade Männer die Göttin brauchen oder daß Männer auf männlichen Gottesbildern beharren, weil sie diese zur Kompensation ihrer ansonsten unterdrückten Homosexualität benötigen?

Obwohl ich also das Anliegen der Frauen, die »Göttin« sagen, für berechtigt halte, bin ich in meinem Sprachgebrauch dem bisher nicht gefolgt. Warum nicht?

Zunächst, mir persönlich ist die Anrede »Göttin« fremd. Ich denke dabei eher an griechische Sagen oder an archäologische Funde von Göttinnenfiguren als an eine Gottheit, die mit meinem Leben in Beziehung steht. In meiner theologischen Ausbildung wurde mir beigebracht, in den Göttinnen der Umwelt Israels eine Konkurrenz zum wahren Glauben an Gott zu sehen. Die in der Bibel wie in der Theologie praktizierte Polemik gegen Göttinnenkulte und deren Abwertung als Götzendienst haben mir einen emotionalen Zugang zur »Göttin« erschwert.

Ich würde viel Kraft und die Gemeinschaft einer Gruppe von Gleichgesinnten brauchen, um Gott in meinen Gebeten und in meinem Denken durch Göttin zu ersetzen. Gelänge mir dies, stünde ich als Gemeindepfarrerin in jedem Gottestdienst wieder vor einer schwierigen Entscheidung. Ich könnte beten, wie es meinem persönlichen Glauben entspricht, auf die Gefahr hin, daß neben der Anrede »Göttin« nichts mehr gehört wird. Oder ich müßte in Kauf nehmen, daß mein persönlicher Glaube und meine Berufsrolle sich immer weiter voneinander entfernen.

Ich habe mich in meiner Situation also für einen Kompromiß entschieden. Dabei kommt mir zu Hilfe, daß in der deutschen Sprache die Anrede »Gott« als Eigenname funktionieren kann. Ich sage also »Geist Gottes« und »Gottes Wohnung« (wie Giselas Geistesblitze und Jens Wohnung). Anschließend vermeide ich alle grammatikalischen Strukturen (wie Adjektive, Artikel, Relativsätze usw.), die Gott als männlich bezeichnen würden.

Dieser geschlechtsneutrale Umgang mit dem Wort »Gott« birgt natürlich die Gefahr, daß die Frauen und Männer im Gottesdienst »Gott« hören und männlich denken, obwohl ich dies so nicht sage. Andererseits ist ein Gottesdienst mit lebendigeren Gottesanreden als Herr, Vater und allmächtiger König und einer dadurch veränderten Atmosphäre schon Anstoß genug zum Nachdenken. Dennoch bleibt der Kompromiß eine Problemanzeige, die mich immer wieder neu fordert, meinen Glauben in eigene Worte zu fassen, statt vorformulierte Materialien einfach zu übernehmen.

»Gott« als Eigenname anzusehen, ist für mich auch ein heute möglicher Umgang mit der Tatsache, daß in der Hebräischen Bibel Gott einen bestimmten Namen (hebr. JHWH) hat. Dieser Eigenname wurde aber aufgrund der jüdischen Scheu vor der Aussprache des Gottesnames durch eine andere Bezeichnung (Herr) ersetzt. Dies ist ein frühes Beispiel dafür, daß aus guten Gründen nicht gelesen wird, was wörtlich in der Bibel steht. Aufgrund einer theologischen Überlegung wurden Bibeltexte nicht nur, wie etwa in der Predigt, ausgelegt, sondern schon verändert vorgelesen. Diese Veränderung bestimmt bis heute unsere deutschen Bibelübersetzungen, die weiter HERR übersetzen, wo der hebräische Name Gottes steht.

Zu dem hebräischen Wort aus dem Urtext können wir mit Rücksicht auf die jüdische Gemeinde nicht mehr zurück. Was sollte auch die Aufnahme eines außerhalb theologischer Fachkreise fremden hebräischen Wortes für Gott heute positiv bewirken? Einige Frauen versuchen, das, was an Bedeutung im hebräischen Gottesnamen mitschwang, ins Deutsche zu übersetzen, und kommen zu Formulierungen wie »Ich-bin-für-euch-da«[5] und »Ich bin, wie ich sein werde«[6].

Weil ich diese religiöse Tradition nicht aufgeben will an diejenigen, die mit ihr eigene und fremde Herrschaft rechtfertigen und gerechtfertigt haben, bemühe ich mich, so zu sprechen und zu schreiben, daß meine Worte einen Unterschied machen. Es ist nur eine Frage der Zeit, bis sich eine gerechte Sprache für Frauen und Männer, Mädchen und Jungen durchgesetzt hat. Die Kirche kann diese Entwicklung mit vorantreiben, was ich immer noch hoffe, oder sie wird eines Tages gezwungen sein, eine gesellschaftliche Entwicklung nachträglich auch in die kirchliche Sprache zu übernehmen.

Wie ernst es der Kirche wirklich mit der befreienden Botschaft für Frauen und Männer ist und ob die Kirchenmänner endlich bereit sind, Macht mit Frauen zu teilen, wird sich allerdings erst am Reden von und mit Gott erweisen. Änderungen in der Gottessprache sind Ausdruck dafür, daß sich wirklich das eigene Denken und die eigene Haltung so geändert hat, daß weitreichende und notfalls schmerzvolle Konsequenzen unausweichlich sind. Was es für das Zusammenleben in einer Kirche bedeutet, wenn Kinder von Anfang an weibliche Gottesbilder gleichberechtigt neben männlichen kennenlernen, kann ich heute nur träumen. Manche Träume werden wahr, wenn viele daran mitbauen. Ich hoffe dabei auf die Phantasie, die Ausdauer und die Kraft, die in Gott ihren Ursprung hat.

Anmerkungen

1. *Dorle Schönhals-Schlaudt*. Rechte bei der Autorin.

2. Vgl. *Hanne Köhler und Hildburg Wegener (Hrsg.)*: Gerechte Sprache in Gottesdienst und Kirche, Evangelische Frauenarbeit in Deutschland, Frankfurt 1987, S. 6.

3. Vgl. *Madeleine Boucher*: Scriptual Readings – God-Language and

Nonsexist Translation, in: Division of Education and Ministry – National Council of the Churches of Christ in the USA (Hrsg.), Language and the Church – Articles and Designs for Workshops, 1984, S. 28–32.

4. Z. B. *Christa Mulack*: Gott ist tot – es lebe die Göttin, in: Angelika Schmidt-Biesalski (Hrsg.), Befreit zu Rede und Tanz – Frauen umschreiben ihr Gottesbild, Stuttgart 1989, S. 91–100 oder: Rosemary R. Ruether, Sexismus und die Rede von Gott, Gütersloh 1985.

5. *Christel Voß-Goldstein (Hrsg).*: Abel, wo ist deine Schwester? Frauenfragen-Frauengebete, Düsseldorf 1987, S. 75.

6. Gleichnamiger Aufsatz von Angelika Schmidt-Biesalski, vgl. Anm. 4, S. 53–58.

Cordelia Kopsch

Die unsichtbare Grenze

Sprache als Mittel der Diskriminierung und Abwertung

> Das ist die ursprüngliche Haltung des Menschen gegenüber der Welt: Was dem ihm von altersher Bekannten verwandt ist, das ist gleich dem, was zugehörig ist, alles andere ist »Abweichung«, ist zu tadeln – und zu bekämpfen.
>
> *Clara Wichmann, 1917*

I. Die Bedeutung und der Wirkungsbereich der »unsichtbaren Grenze«

Für unsere Orientierung und zur Bestimmung unserer Identität ist die Sprache ein wichtiges Hilfsmittel. Mit Hilfe der Sprache kennzeichnen wir das Vertraute, das Eigene, besonders und drücken die Zugehörigkeit zu einem überschaubaren Zusammenhang aus. Um uns in der Welt zurechtzufinden, müssen wir sagen können, was das »eine« und das »andere«, das meine und das seine/ihre, das Nahe und das Ferne, das Vertraute und das Fremde/Unbekannte ist. Auch wo wir so Grenzen ziehen und deutlich machen, entspricht das zunächst unserem Bedürfnis, zu bezeichnen und mitzuteilen, wer wir sind: auch durch Zuordnung, Abgrenzung und Differenzierung.

Doch die »unsichtbare Grenze« ist schnell aufgerichtet:

- wenn Verschiedenheiten durch unser Sprechen in eine Wertigkeit gebracht werden, die »Qualitätsunterschiede« signalisiert und das jeweils »andere« abwertet;
- wenn Sprachmuster Normen und Werte setzen, jenseits derer alles »andere« als Abweichung gilt, oft mit minderem Rechtsstatus;
- wenn mit sprachlichen Mitteln die Dominanz z. B. einer Seite,

einer Personengruppe behauptet wird, die die andere Seite bzw. andere Menschen »verschwinden« läßt, ausblendet und ausgrenzt.

Solche Be-Wertungen, Setzungen, Dominanzen und Ausgrenzungen sind in unserer Alltagssprache verbreitet, doch die Instanz, die hier ausgrenzt und abwertet, bleibt »unsichtbar« – und damit un(an)greifbar. Doch längst dienen auch unsere Herzen und Zungen der Aufrechterhaltung der unsichtbaren Grenze: denn auch wir teilen die Welt ein in »Freund und Feind«, in »Normale« und »Anormale«, in Mehrheiten und Minderheiten. Gerade die »unsichtbare Grenze« zeigt, daß die Sprache nicht einfach eine objektive Beschreibung unserer Welt ist oder gar ihr unmittelbarer Spiegel. Vielmehr drückt unsere Sprache nicht nur in einzelnen Worten, sondern bis in ihr Gewebe hinein die Sichtweisen und Interessen der »tonangebenden« Personen und Gruppen aus. Ihre »Definitionsmacht« drückt unserer Sprache eine Prägung auf, die allen Menschen des gleichen Sprachzusammenhangs eine bestimmte Perspektive und Ordnung der bestehenden Verhältnisse vermittelt. Die Beteiligung an diskriminierenden Ausgrenzungen gegenüber anderen erscheint uns oft zu unserer Orientierung und Identitätsbestimmung nützlich. Wer mitbaut an der »unsichtbaren Grenze«, so lautet doch das untergründige Versprechen, weiß sich einer Gemeinschaft zugehörig, ist geborgen und sicher vor allem Fremden, Abartigen, Bösen.

Ausgrenzungen, auch mit sprachlichen Mitteln, betreffen z. B. folgende Bereiche:

Rassismus
(Meistens) »Weiße« erscheinen als der »Normalfall«, werden so dargestellt, als seien sie anderen (Farbigen) überlegen.

Kolonialismus
Internationale Zusammenhänge oder Probleme werden aus der Perspektive der nördlichen Industrieländer beschrieben, südliche Länder erscheinen vorwiegend als defizitär.

Sexismus
Männer werden als die Norm gesetzt, Frauen als weniger wichtig, fähig usw. oder als »ganz anders« gezeichnet.

Gesundheit und Krankheit
Die »Gesunden« sind und setzen den Maßstab, an dem alle – auch die »Kranken« – sich zu orientieren haben; wer »krank« ist, bestimmen die »Gesunden«. Besonders weitreichende Folgen hat dies z. B. bei der Definition von psychischer Krankheit, der Gleichsetzung von Behindert- und Kranksein oder dem Mißbrauch des Begriffs »Krankheit« in bezug auf sexuell anders als heterosexuell orientierte Menschen.

Nicht-Behinderte und Behinderte
Nicht-Behinderung wird als Standard gebraucht. Behinderung, oft noch in eins gesetzt mit »Krankheit«, wird zum einzigen Kriterium der Wahrnehmung und Darstellung von Menschen. Unterschiedliche Formen von Behinderung werden verwischt.

Sexuelle Orientierung
Die Orientierung und die Sexualpraktiken der »Mehrheit« werden als Norm gesetzt. Andere, in unserer Gesellschaft besonders häufig homosexuell lebende Frauen und Männer, werden als deviant, physisch und/oder psychisch »anomal«, »krank«, moralisch verwerflich hingestellt (*Heterosexismus*).

Politische Orientierung
Positionen, Ziele und Methoden der »Mehrheit« bzw. der eigenen Gruppe werden als die vertretbaren, legitimen, vernünftigen beschrieben, die der »Minderheit« bzw. der »anderen« als Abweichung, als extrem, gefährlich, naiv.

Religiöse Überzeugung
Die eigene Überzeugung, häufig verbunden mit einem umfassenden Anspruch auf Wahrheit und absolute Geltung, macht nur die Glau-

bensgenossInnen zu »Gläubigen« oder »Auserwählten«, während – etwa aus christlicher Sicht – die übrige Menschheit als »Nicht-Christen«, als »Heiden« oder wenigstens als »Anders«-Gläubige in den Blick kommt.

Anthropozentrismus
Der Mensch steht im Mittelpunkt des Denkens und Sprechens, alles andere, wie andere Lebewesen, die »unbelebte Natur, scheint nur zum Nutzen der Menschen da zu sein und durch sie Bedeutung und Sinn zu erlangen (»Um-Welt«!).

II. Muster und Mechanismen: wie die Grenze gezogen wird

1. Sprach-Platz-Besetzung

Im allgemeinen wird das vermeintlich »Normale«, der Regelfall, genannt, alles andere kommt nur als Ausnahme von dieser Regel vor. Der Platz ist von der – sprachmächtigen – Mehrheit besetzt. Beispiele: Es wird in den Nachrichten gemeldet: »Beim Unfall in X. kamen 16 Menschen ums Leben, darunter auch Frauen und Kinder.« Implizite Folgerung: Der »normale« Mensch ist ein Mann, Frauen und Kinder bedürfen besonderer Erwähnung. »Unter den 200 Konferenzteilnehmern waren 50 aus Ländern der ›Dritten Welt‹«: Woher nur kamen die anderen? Die ausschließlich maskuline Bezeichnung (Teilneh*mer*) erweckt zudem den Eindruck, nur Männer hätten an der Konferenz teilgenommen. So können in einem einzigen harmlos klingenden Satz bereits zwei indirekte Diskriminierungen versteckt sein: Männliche Menschen aus den »reichen« Ländern des »Nordens« der Erde sind die »Regel«, Frauen und/oder Menschen aus den »armen« Ländern des »Südens« der Erde die extra zu nennende Ausnahme: Sexismus und Kolonialismus in einem Satz. Doch Vorsicht: beinahe hätte ich mich beim Schreiben selbst in eine neue Ausgrenzung verstrickt, denn auch der undifferenzierte Gebrauch von »reich« und »arm«, einmal für die nördlichen Industrieländer, einmal für die südlichen Länder der Erde, macht den im Norden definierten Reichtum im Sinn von materiellem Wohlstand zum Maßstab und läßt die Länder des Südens von daher als ausschließlich defizitär in den Blick kommen (»nicht so reich wie wir«). Dabei wird nicht gefragt, welchen Reichtum es dort gibt und ob »Reichtum« nicht auch aus der Perspektive der Länder des Nordens im Hinblick auf eine gemeinsame Zukunft aller Menschen anders zu füllen wäre (z. B. Reichtum im Sinn von Vielfalt, »es *reicht* für alle«). – Die Sprach-Platz-Besetzung, keineswegs besonders auffällig, hat erhebliche Folgen für unsere Wahrnehmung der Wirklichkeit: bestimmte Menschen(-gruppen) und Dinge kommen in der Regel einfach nicht vor. Sie erhalten damit auch insgesamt weniger Aufmerksamkeit, »Platz«, Bedeutung. Auffallend sind Ausblendungen, von denen die Hälfte der Menschheit betroffen ist (Frauen), zwei Drittel der Erdbevölkerung (»Dritte Welt«) oder Menschen aller Hautfarben außer der weißen. Hier wird klar, daß es sich bei der Sprach-Platz-Besetzung weder um ein Ver-Sehen noch um ein Über-Sehen handelt, sondern daß hier die Macht derjenigen im Spiel ist, die über das Dasein, die Lebensbedingungen und Interessen dieser Vielen hinwegsehen und durch die Sprach-Platz-Besetzung ihre eigene Position immer neu festigen.

2. Ein Extra-Platz für die »Exoten«

Dieser zweite Mechanismus scheint auf den ersten Blick dem erstgenannten zu widersprechen. Er funktioniert nämlich genau umgekehrt: die »anderen«, die von der Regel »Abweichenden« werden immer ganz besonders erwähnt, während die »einen«, die »Normalen«, wiederum nicht erwähnt werden. Tatsächlich sind beide Mechanismen wie ein Double-bind (widersprüchliche Doppel-Botschaft) miteinander verknüpft. Während die Sprach-Platz-Besetzung den »anderen« den Platz in der Alltagssprache verweigert oder sie zur Ausnahme macht, lenkt der Mechanismus »Extra-Platz« bei bestimmten Gelegenheiten die Aufmerksamkeit ganz auf diese, um ihre Andersartigkeit, oft als einzigen Gesichtspunkt der Darstellung, zur Geltung zu bringen. Die »einen« werden dabei jedoch unausgesprochen als der Maßstab im Hintergrund vorausgesetzt.

(Umherziehende) Menschen »ohne festen Wohnsitz« werden, abgesehen von anderen umgangssprachlichen Ausdrücken, als »Nichtseßhafte« bezeichnet; die »Seßhaften« dagegen werden nicht erwähnt. Wird über ein Gespräch zwischen Heterosexuellen und Homosexuellen berichtet, kommen meistens nur die letzteren ausdrücklich vor. Seltenheitswert hat eine Stellenausschreibung, in der vom »Engagement für die Integration behinderter und nichtbehinderter Menschen« die Rede ist (Amtsblatt der EKHN 2/90).

Die Zuweisung eines Extra-Platzes an »Exoten« hat besonders weitreichende Folgen, wenn etwa Zeitungen im Zusammenhang mit einer Straftat die »abweichenden« Eigenschaften oder Verhaltensweisen eines verdächtigten oder verurteilten Menschen hervorheben, während das »Normale« nie erwähnt wird. Davon sind vor allem Menschen »anderer« (als der weißen) Hautfarbe und »anderer« (als z. B. heterosexueller) sexueller Orientierung betroffen. Ich erinnere mich, daß die Zeitung der Kleinstadt, in der ich aufwuchs, immer wieder von Überfällen auf Frauen durch US-Soldaten berichtete (am Stadtrand gab es eine Kaserne und eine Siedlung für Angehörige des US-Militärs). Niemals wurde vermerkt, welche Hautfarbe der Täter gehabt hatte, es sei denn, es war ein Farbiger gewesen. Solche Berichterstattung ist geeignet, die – bereits anderweitig vorgeprägten – rassistischen Vorurteile zu verstärken: Wer solche Nachrichten liest, muß annehmen, daß die Erwähnung der Hautfarbe in einem Zusammenhang mit der berichteten Straftat steht. Wenn immer nur die »schwarze Hautfarbe« ausdrücklich genannt wird, gewinnen die Lesenden leicht den Eindruck, »Schwarze« oder »Farbige« neigten mehr als andere (»Weiße«) zu Straftaten und seien mehr als diese mit Gewalt in Verbindung zu bringen.

In den genannten und vielen anderen Fällen gilt: Die »Extra-Plätze für Exoten« werden besonders an Menschen vergeben, die von den Mächtigen, der Mehrheit als Nicht-se definiert werden, d. h. sie kommen vorwiegend als Menschen mit einem Defizit in den

Blick: Sie sind nicht-weiß, nicht-deutsch, nicht-seßhaft, un-verheiratet, a-sozial... Dafür wird ein Teil dessen, was diese Menschen ausmacht, zum einzigen Kriterium ihrer Wahrnehmung und Darstellung. Die Hautfarbe, das Geschlecht, die Herkunft oder (andere) Nationalität, das Blind- oder Taubsein, der Familienstand wird zur Kennzeichnung des ganzen Menschen. Seine oder ihre anderen Eigenschaften, Begabungen, Verhaltensweisen werden ausgeblendet. Interessant und der Rede wert ist ausschließlich das Besondere. So werden Personen, die in der Mehrzahl ihrer Eigenschaften und Verhaltensweisen dem »Standard« entsprechen, aufgrund einer einzigen Andersartigkeit zu »Exoten«: zu Menschen, die besonders hervorgehoben und interessant gemacht werden, aber auch auf Teilaspekte ihrer Persönlichkeit reduziert sind, gerade auf solche, die sie nicht gewählt haben. Diese konstruierte »Andersartigkeit« wird Anlaß besonderer Aufmerksamkeit und Neugier, aber auch Grund für Argwohn, Mißtrauen und Abwertung.

3. »Stamm-Plätze« oder: Reihenfolge – Rangfolge

Wenn wir als Kinder »Familie« spielten, hieß es immer: »Wir spielen ›Vater, Mutter und Kind‹.« Und niemand kam auf den Gedanken, diese Reihenfolge jemals zu verändern. Wie sollten wir auch, wenn von den Erwachsenen damals wie heute die gleiche Reihenfolge im alltäglichen Umgang reproduziert wird und ebenso in den Medien. Da heißt es dann: »Die Geiselnehmer brachten ein Flugzeug in ihre Gewalt mit 25 Männern, Frauen und Kindern.« Der »Weltspiegel« berichtete am 25.2.1990, im Afghanistan-Krieg seien 1 Million Menschen umgebracht worden, »die meisten davon Zivilisten, Frauen und Kinder.« Die nach meiner Wahrnehmung nicht flexible Festlegung in der Reihenfolge läßt auf eine heimliche Rangfolge schließen. Überspitzt könnte man sagen: es gibt offenbar Menschen erster, zweiter und dritter Klasse; die Diskriminierung betrifft Geschlecht und Lebensalter. Nicht-Erwachsene sind in solchen Reihenfolgen noch keine »richtigen« Menschen, jedenfalls nicht im gleichen Sinn wie Männer und – mit Einschränkung – Frauen.

Wird in Formularen nach dem Familienstand gefragt, ist die Reihenfolge »verheiratet« – »ledig« – »geschieden«. Mit einer solchen oft wiederholten Reihenfolge wird auch eine Rangfolge begründet.

Im politischen Bereich legte der Begriff »Ost-West-Konflikt« mit der immer gleichbleibenden Reihenfolge nahe, daß der Konflikt seinen Ursprung wesentlich im Osten habe und erst von dort aus in den Westen getragen worden sei.

Hierhin gehört auch ein Beispiel, bei dem die ersten beiden Plätze der Reihen-Rang-Folge nur selten ausgesprochen werden: Die Rede ist von der »Dritten Welt«. Die Bezeichnung entspricht einer eurozentrischen Denkweise (»Erste Welt« = Nordamerika, Westeuropa), die den Rest der Welt in unterschiedlichen Abstufungen (»Zweite Welt« = Länder des »Ostblocks«) zur Peripherie, zum Randgebiet erklärt. Zwei Drittel der Welt sind demnach »Dritte Welt« – von der »Ersten« und »Zweiten Welt« ist kaum noch die Rede. Wie Menschen aus Osteuropa und aus der sogenannten »Dritten Welt« es wohl finden, von Westeuropa und Nordamerika aus so bezeichnet zu werden? Was wir wohl sagen würden, wenn wir von Menschen aus anderen Teilen der Welt ans untere Ende einer von ihnen erfundenen Beschreibung gesetzt würden? Früher gab es auch bei uns für Bahnfahrten Wagen der ersten, zweiten und dritten Klasse – überflüssig zu sagen, welches die »beste« war. Der Ausdruck »Dritte Welt« weckt ähnliche Assoziationen: eine dritt-klassige Welt! Solche Zuschreibungen werden noch dadurch verstärkt, daß ohnehin viele Länder und Menschen aus der südlichen Hemisphäre bei uns vorwiegend über Teilerscheinungen und Defizite wahrgenommen und dargestellt werden. So wird der Eindruck der »Drittklassigkeit« noch gestützt durch Begriffe wie »Unterentwicklung«, »arme« Länder, »nicht-industrialisiert«. Der Begriff »Dritte Welt« setzt also die Traditionen des Kolonialismus fort, den viele doch längst überwunden glaubten. Damit wird nicht nur der größte Teil der Erde auf seine »Defizite« hin definiert, sondern auch uns der Blick getrübt für die Wahrnehmung der »Dritten Welt« bei uns, etwa für das, was es auch bei uns an Unter- und Fehlentwicklung, an Armut und »Drittklassigkeit« gibt. Denn – so suggeriert die Klassifizierung durch Reihenfolge –: in Europa und Nordamerika lebt sich's (erster) Klasse.

4. Der Platz in der Ecke: Das dicke Ende mit der Endung

In der deutschen Sprache gibt es eine ganze Reihe von Begriffen, die – hergeleitet von meist ursprünglich lateinischen Wörtern – z. B. der Bezeichnung politischer Gruppierungen dienen. Für sich genommen, stellen diese Begriffe keine Besonderheit dar. Sie gewinnen lediglich dadurch eine gewisse Tendenz zur Ausgrenzung, daß bestimmte Endungen in großer Regelmäßigkeit und Häufung auf bestimmte politische Gruppierungen angewandt werden. Dadurch erscheinen diese als »extrem« und jedenfalls von den »regulären« Parteien, Organisationen, Positionen weit abweichend. So ist dann die Rede von Pazifisten, Sozialisten, Kommunisten, Extremisten..., vorwiegend also von in unserer politischen Landschaft als »links« eingestuften Gruppen; das seltener gebrauchte Wort »Rechtsextremisten« ist eher eine Ausnahme. Anhängerinnen und Anhänger anderer politischer Positionen werden demgegenüber als Liberale, Konservative, xxx-Demokraten bezeichnet. Nur von einigen »linken« Gruppierungen wird ein Teil von ihnen wiederum mit Extrem-Endungen in die andere Ecke gestellt wie etwa »Militaristen«, »Imperialisten, »Revanchisten«.

Der Sprachgebrauch in bezug auf politische Gruppierungen wird also von den jeweils herrschenden »Hauptlinien« der politischen Überzeugung geprägt, die ein gewisses Interesse daran haben, andere Positionen zu diskreditieren. Diese Tendenz, auch von den Medien tatkräftig unterstützt, trägt dazu bei, andere politische Meinungen als die der gerade vorhandenen Mehrheit ins Abseits, in die extremistische Ecke zu drängen und damit die Isolierung und möglicherweise auch die Radikalisierung solcher Gruppen zu fördern.

5. Kein Platz für Flüchtlinge? Wie das Wort »Asyl« gewendet wurde

Flüchtlinge, die sich in unserem Land um Asyl bewerben, werden als »Asylanten« bezeichnet. Allein der Vorgang der Antragstellung wird zur Charakterisierung einer sehr heterogenen Personengruppe, Gleichheit wird signalisiert, wo keine ist; eine anonyme Masse entsteht. Es spielt keine Rolle mehr, aus welchen Motiven oder woher diese Menschen kommen: nur die Tatsache, daß sie in unserem Land leben wollen, kommt in den Blick. Diese wäre aber mit dem persönlicheren und korrekteren Begriff »Asylbewerber/-in« besser darzustellen.

Der vielfach verwendete Begriff »Asylanten-Flut« ließ die Flüchtlinge dann als unübersehbar große, bedrohliche Masse erscheinen und legte nahe, daß zuviele Menschen »Asyl« bei uns suchen, jedenfalls mehr, als aus Platzgründen aufgenommen werden könnten.

Weitere Zusammensetzungen mit dem Begriff »Asylant« können nur als polemische Mißbildungen bezeichnet werden: als »Scheinasylanten« oder »Wirtschaftsasylanten« werden Menschen pauschal verdächtigt und in Mißkredit gebracht, die ein bei uns verfassungsmäßig geschütztes Recht wahrnehmen wollen und oft nur unter großen Schwierigkeiten unser Land erreichen. Durch solchen Mißbrauch verliert das Wort »Asyl« den Wert und das Ansehen, das es in der Antike einmal hatte. Zu diesem Verfall des »Asyls« als dem geschützten Zufluchtsort trägt das Wort »Asylant« und seine Mißbildungen bei. Sie halten uns davon ab, die Bezeichneten als die zu sehen, die sie sind: Flüchtlinge, politisch Verfolgte, Vertriebene, Kriegsopfer.

III. Diesseits und jenseits der Grenze: Ausgrenzung hat ihren Preis

Ausgehend von den beschriebenen Beispielen will ich die Folgen und Kosten der Ausgrenzung – auch über den sprachlichen Bereich hinaus – in einigen Thesen zusammenfassen. Diesseits und jenseits der Grenze kommen die Ausgrenzungen und die Ausgegrenzten in den Blick, jedoch nicht als eindeutig abgrenzbare Personengruppen: Auch die Ausgegrenzten sind ihrerseits in manchen Fällen an Ausgrenzungen beteiligt; Ausgrenzende werden vielleicht in einem Bereich ihres Lebens selbst zu Ausgegrenzten. Von den Folgen und Kosten der Ausgrenzung sind verschiedene Personen(gruppen) – so auch wir – in unterschiedlicher Weise und Intensität betroffen.

These 1: Ausgrenzung entwertet Menschen

- Ihnen wird Gleichberechtigung verweigert (s. »Sprach-Platz-Besetzung« und »Extra-Platz«).
- Sie werden vorwiegend als defizitär beschrieben (s. »Nicht-se«).
- Sie werden nicht als ganze Menschen wahrgenommen, sondern von einer Eigenschaft, einer Verhaltensweise her definiert.

Ausgrenzung trägt dazu bei, bestimmte Personen(-gruppen) wie z. B. Frauen, Farbige, Behinderte ... als weniger wichtig, weniger fähig, weniger präsent erscheinen zu lassen, eben so als seien sie nicht in gleicher Weise, mit gleichen Rechten und mit gleicher Würde Menschen.

These 2: Ausgrenzung schafft nicht Geborgenheit in einer Gemeinschaft; sie schafft eine Schein-Gemeinschaft, die nicht auf Solidarität beruht

Die Ausgrenzung hält nicht, was sie den Ausgrenzenden unterschwellig verspricht: Geborgenheit und Zugehörigkeit zu einer tragenden Gemeinschaft zu vermitteln. Wenn eine Gruppe oder ein

Gemeinwesen mit Mitteln der Ausgrenzung, Abwertung, Diskriminierung anderer zusammengehalten oder aufgebaut werden soll, hat dies Rückwirkungen auf das Innenleben dieser »Gemeinschaft«: Der Kampf nach »außen«, das Ausschließen bestimmter Gruppen verdeckt meistens nur Konflikte und ungerechte Strukturen im Innern. Die vermeintliche Gemeinsamkeit wird von außen her definiert und beruht gerade nicht auf sozialen Werten, gegenseitigem Verständnis und Solidarität.

These 3: Ausgrenzung schafft »Minderheiten«

Mechanismen wie »Sprach-Platz-Besetzung« oder »Extra-Platz für Exoten« bewirken gerade in ihrer Verflechtung miteinander, daß wir bestimmte Menschen immer wieder als »anders« empfinden. Ihr »Anders«-Sein erhält herausragende Bedeutung für die Wahrnehmung dieser Person insgesamt. Sprache spiegelt nicht (nur) unsere Wirklichkeit, sie schafft sie z. T. erst. Was wie eine notwendige und sinnvolle Differenzierung aussieht – »Man muß doch anderes auch so nennen dürfen!« – erweist sich oft als eine Art Fingerzeigen auf andere. Die Darstellung unterschiedlicher Eigenschaften und Verhaltensweisen – also Differenzierung ohne Abwertung – wird erst erreicht, wenn diese auch nebeneinander genannt werden: Frauen und Männer, Seßhafte und Nicht-Seßhafte, Weiße und Farbige, Heterosexuelle und Homosexuelle. Ausgrenzung läßt bestimmte Personengruppen als – abweichende – »Minderheiten« erscheinen. Oft genug, und für mich im kirchlichen Bereich besonders auffallend, werden Angehörige solcher »Minderheiten« dann zu »Problemfällen«, die wiederum der seelsorgerlichen und diakonischen »Hilfe« der Kirchen zugeführt werden.

These 4: Ausgrenzung verhindert die Wahrnehmung eigener Probleme und Defizite

Ausgrenzungen mit der ihnen innewohnenden Abwertung und Diskriminierung lassen den Ausgrenzenden ihr eigenes Dasein in einem vergleichsweise rosigen Licht erscheinen: Es wird als »normal«, »gesund«, »anständig«, »erstklassig« empfunden. Denn die eigene Gruppe, Position, persönliche und gesellschaftliche Lebensform wird als »Norm« gesetzt. Kritische Außenansichten dagegen, die bei der Entdeckung von persönlichen und gesellschaftlichen Fehl- und Unterentwicklungen helfen könnten, werden abgewehrt und gehen verloren.

These 5: Ausgrenzung stabilisiert die jeweils Mächtigen

An Ausgrenzungen haben vorwiegend die Interesse, die damit einen bestehenden (ungerechten) Zustand absichern, eigene Privilegien festigen und so anderen einen gleichberechtigten Zugang zu Macht, Einfluß, Wohlstand, Ressourcen, Ansehen verweigern. In den behandelten Beispielen sind das etwa Männer, Weiße, politisch und wirtschaftlich Einflußreiche. Moralische Wertungen und religiöse Bezüge dienen gleichzeitig zur Verstärkung und zur Verschleierung der handfesten, auch materiellen Interessen, die dahinterstehen.

These 6: Die Ausgegrenzten haben eine heimliche Macht

Wer einmal erlebt hat, wieviel Anstrengung es bedeutet, z. B. nach einem Streit mit einem nahestehenden Menschen nicht zu reden, wird ahnen, wieviel Kraft die Ausgrenzungen diejenigen kosten, die sie betreiben. Die Ausgegrenzten verschwinden ja keineswegs aus dem Bewußtsein der Ausgrenzenden. Diese brauchen vielmehr immer neue Energie, um die Ausgrenzung aufrecht zu erhalten. Aufmerksamkeit und Kraft werden immer weiter nach »außen« gelenkt und können nicht für das »Innenleben«, für Integration oder Veränderung genutzt werden.

These 7: Ausgrenzung ist ein Ausdruck unterschwelliger Angst

Auf den ersten Blick erscheint Ausgrenzung als Zeichen von Macht und Stärke derer, die sie betreiben. Sie setzen die Normen, an denen alle und alles gemessen wird; sie gehören zur anerkannten »Mehrheit«; sie nehmen Platz ein, auch in der Sprache. Erst auf den zweiten Blick wird sichtbar, daß – wo soviel Kraft zur Ausgrenzung verwandt wird –, die Ausgegrenzten wohl auch eine Bedrohung darstellen müssen. Ausgrenzung zeugt also auch von der Angst und Unsicherheit der »Einen«, so zu sein oder zu werden, wie die »Anderen« sind. Sie zeigt auch die Furcht vor dem Verlust eigener Machtpositionen und Vorrechte. Bekämpfen und abwerten muß ich nur das, was mich bedroht. Die Unfähigkeit einer »Mehrheit«, anderes auszuhalten und als gleichwertig gelten zu lassen, ist nicht Stärke, sondern Schwäche. Untersuchungen in bezug auf Vorurteile und Feindbilder (z. B. von H. E. Richter) haben gezeigt, daß gerade die verdrängten und verleugneten Verhaltensweisen und Eigenschaften (»Projektionen«) sehr gefährlich werden können: Wie ein Bumerang kommt die Gewalt gegen den vermeintlichen »Außenfeind« auf eine/n selbst zurück, weil in ihm ein Teil des eigenen Selbst bekämpft wurde.

Zum Schluß: Ausgrenzung – der wunde Punkt

Ausgrenzungen spiegeln, wie auch in anderen Teilen dieses Buches sichtbar wird, die »Herrschaftsverhältnisse«, in denen wir leben. Sie sind nicht ein objektiver Spiegel, sondern bringen durch Wiederholung eine permanente Erneuerung dieser Verhältnisse mit sich. Wichtig ist hier, auch für das eigene Sprechverhalten, die konsequente Auseinandersetzung mit den eigenen Normen und Werten: Was für mich als Person, im Zusammenleben mit anderen Menschen, als Angehörige einer bestimmten Kultur, Religion, Gesellschaft, Nation wichtig ist, kann und soll ich weitersagen. Wenn ich von der »unsichtbaren Grenze« und ihren Wirkungen weiß, finde ich vielleicht eher eine Sprache, die mich trotz aller Trennungen mit anderen auch verbindet. Dies ist um so wichtiger in einer Zeit, in der die Frage nach dem »Überleben der Menschheit« deutlich macht, wie alle Menschen aufeinander angewiesen sind. Die theologische Rede von Gottes Liebe zu allen Menschen muß sich heute weniger in ihrer Allgemeingültigkeit als gültig erweisen, als vielmehr in ihrer Konkretion: in der Bewegung und in der Rede mit und von Menschen aus der Zweidrittelwelt, AusländerInnen und AsylbewerberInnen, Frauen, allen, die wir so leicht als »Nicht-se«, als »Abweichler« und »Extremisten« deklarieren.

Ausgrenzungen können – über das hinaus, was sie Menschen antun – aber auch verstanden werden als Seismographen für die wunden Punkte einer Gesellschaft. An ihren Rändern, an den »Ausgegrenzten« entlang ist zu finden, was eine Gemeinschaft an heiklen, verdrängten, ungelösten Problemen produziert. Ihre Wahrnehmung ist der erste Baustein zur Veränderung.

Die Arbeit an einer gerechten Sprache bedeutet Aufdeckung der wunden Punkte, in der Konsequenz: Arbeit an der Gerechtigkeit.

So kann die »unsichtbare Grenze« sichtbar werden – und damit überwindbar.

Cordelia Kopsch

Schlag auf Schlag und Schritt für Schritt

Militärisches in unserer Alltagssprache

Laß uns schwarz – schwarz nennen
wie wir Brot – Brot nennen
Laß uns bitter – bitter nennen
wie wir Wasser – Wasser nennen
Der kleine Junge reitet auf einem Stock
Er nennt diesen Stock ein Pferd
und es soll nur diese eine Lüge
bleiben in der ganzen Welt

Kajsin Kuliew

I. Militärisches in unserer Alltagssprache

1. Schlag auf Schlag – die Allgegenwart des Kriegerischen in unserer Alltagssprache

Bewußt wird es uns nur ganz selten: Wie stark Begriffe und Redewendungen aus dem militärischen/kriegerischen Bereich unseren Alltag bestimmen: Aber in der *Hitze des Gefechts* kann es auch uns schon einmal passieren, daß wir von der *Bombenstimmung* beim Betriebsausflug sprechen; und war die Tombola nicht ein *Volltreffer?* – Bereits im *Vorfeld* des Wahl*kampfs* muß die *Marschrichtung* festgelegt werden, um möglichst viele Wähler zu *rekrutieren*, *unter Mobilmachung aller Kräfte* kann die Partei vielleicht *einen Durchbruch erzielen*, aber das ist nur möglich, wenn alle *Gewehr bei Fuß stehen*. – Herr Müller ist eine echte *Verkaufskanone*, und trotz des *Preiskriegs* ist das neue Produkt *eingeschlagen wie eine Bombe*. Schließlich hat die Firma ja auch mit einer *Preisoffensive* die *Erzrivalen ins Visier genommen* und so mit den eigenen Waren wieder *Tritt gefaßt*. – Die Friedensgruppe der Kirchengemeinde ist zu einer

Rüstzeit gefahren, um die *Strategie* für das kommende Jahr zu besprechen. Doch erst mußte eine *Manöverkritik* der letzten *Kampagne* stattfinden, weil manche wie *am Boden zerstört* waren wegen der geringen Beteiligung. Manche meinten, es wäre besser gewesen, gleich *zum Rückzug zu blasen* und vor allem dürfe man *das Pulver* nicht auf *Nebenkriegsschauplätzen verschießen*. – Beim Fußball *tobt* wieder die *Pokalschlacht*. Doch der Verein ist überzeugt, mit der neu *formierten Truppe* den *Gegner* mit einer *geballten Ladung* aufs Tor *in die Knie zwingen* zu können. *Schützenhilfe* werden dabei die zahlreichen *Schlachtenbummler* leisten. Sie werden *Flagge zeigen* und wie immer in der Kurve *Stellung beziehen*. – Die Fernsehzeitschrift verkündet: »Seine Pointen kommen wie *aus der Pistole geschossen*.« Und wenn die Kritik am Moderator zu stark wird, weil er den Generalsekretär zu sehr *ins Kreuzfeuer genommen* hat, dann muß man ihn eben *aus der Schußlinie nehmen*. Vielleicht wird der Intendant *eine Lanze* für ihn *brechen*. – Ja, es ist schon ein *zweischneidiges Schwert* mit der Wortwahl: Da wird der engagierte Kirchenführer bei seiner Verabschiedung vom Prediger zur *Mehrzweckwaffe* Gottes erklärt – dafür wird dieser danach auch wegen dieses *verheerenden* Begriffs *attackiert*.

Aber was soll's: Schließlich wurde im Gottesdienst ja auch von den *scharfgeschliffenen Waffen* der ersten Christenheit gesungen. – Es ist schon schwierig, *schlagfertig* zu sein, ohne *ins Trommelfeuer* der Kritik zu *geraten*, weil man ganz nebenbei das *Arsenal* des Kriegerischen benutzt hat, um in den *Wortgefechten* standzuhalten. Schließlich ist die Sprache doch nicht *auf Kommando* zu verändern, und es scheint, als müßten wir *kapitulieren*. Ist das nicht *zum Schießen*?

2. *Schritt für Schritt – Militarisierung der Sprache, Militarisierung des Denkens*

Bereits diese kurze Zusammenstellung militärischer Wörter und Redewendungen zeigt, wie sehr unsere Alltagssprache davon durchsetzt ist. Bei genauerem Hinsehen zeigt sich, daß kaum ein

Bereich unseres Lebens von solchen Begriffen ausgespart bleibt – Militärisches / Kriegerisches ist allgegenwärtig. So werden militärische Begriffe zur Beschreibung von Vorgängen, Erlebnissen und Beziehungen benutzt, die ursprünglich nichts mit diesem Erfahrungsbereich zu tun haben. Oft sind es sogar ausgesprochen »friedliche« Dinge, die damit einen anderen Akzent erhalten. Militarisierung der Alltagssprache bedeutet: Das Militärische ist von seinen ursprünglichen Bedeutungszusammenhängen und -orten in andere Erfahrungsbereiche »eingewandert«: von der Kaserne in den Kindergarten, vom Manöver in den Wahlkampf, vom Krieg in den Frieden, vom militärischen ins zivile Leben. So wird unsere Sprache zum Ausdruck einer »organisierten Friedlosigkeit« und trägt dazu bei, daß wir unsere Wirklichkeit vielfach mit militärischen Sprach- und Denkmustern wahrnehmen und beschreiben.

Doch zunächst zur Funktion militärischer / kriegerischer Ausdrücke in unserer Alltagssprache. Ich sehe vor allem drei Bereiche im »zivilen« Alltag, in denen Militärisches besonders oft benutzt wird:

- *zur Darstellung von Konkurrenz, Rivalität, Gegnerschaft*
  Unterschiedliche Interessen, Gegnerschaft, Rivalität, Wettbewerb (z. B. in den Bereichen Wirtschaft, Sport, Politik), ein Konflikt und seine Bewältigung (z. B. in den Feldern Arbeitswelt, Familie, Politik) sind Zusammenhänge, in denen militärische Muster oft verwendet werden. Ihre Benutzung legt Meinungsunterschiede, Interessenkonflikte, Konkurrenz immer neu auf das Schema »Krieg« oder »Freund-Feind« fest und verhindert eine andere Sicht. Sie lähmt auch die Phantasie für andere Sichtweisen und Konfliktlösungsmöglichkeiten.

- *zur Darstellung der besonderen Intensität*
  Ist ein Ereignis, ein Vorgang, eine Beziehung besonders lebhaft, kraftvoll, schnell gewesen... (*wie eine Rakete*), war etwas überraschend, unerwartet (*eingeschlagen wie eine Bombe*)..., war das Engagement besonders groß, die Freude oder der Schmerz (*am*

Boden zerstört)..., ein Naturereignis gewaltig, ein Unfall schrecklich (*wie auf einem Schlachtfeld*)..., soll ein Höhepunkt des persönlichen oder gesellschaftlichen Lebens beschrieben werden (*Sieg, Bombenstimmung*)... werden oft militärische Redewendungen verwandt. Damit werden gerade die Bereiche unseres Lebens, in denen die intensivsten Gefühle ausgedrückt werden sollen, mit militärischen Mustern überzogen. Nicht nur Schmerz und Trauer (*am Boden zerstört*), sondern auch Freude und Glücklichsein (*Bombenstimmung*) werden mit Begriffen belegt, die uns – wörtlich genommen – Angst machen müßten, weil sie den Krieg auch in die intimen Winkel unseres Lebens hineintragen und von Zerstörung und Leid erzählen, auch wo wir Freude empfinden.

- *zur Darstellung (eigener) Stärke und Autorität*

Militärische Wortwahl soll bestimmten Aussagen besondere Prägnanz, Kraft, Dringlichkeit verleihen. Gelegentlich schafft sie zudem ein hierarchisches Gefälle zwischen den am Gespräch Beteiligten. *»Schießen Sie los!«* macht das Gegenüber zum / zur Untergebenen und bringt einen aggressiven Ton ins Gespräch. »Beginnen Sie!« löst dagegen weder das Gefühl einer Rangordnung noch militärische Assoziationen aus. Militärische Ausdrücke werden oft zum Beleg einer vorausschauenden Planung, einer guten Organisation oder Vorbereitung und Motivation der eigenen Gruppe, z. B. in Verein oder Partei (*Strategie, generalstabsmäßig, Taktik, eingeschworene Truppe*). Zur Demonstration physischer Kraft (*Volltreffer, Kanonenaufschlag*) oder wirtschaftlicher Stärke (einen Markt *erobern, zuschlagen*) werden gern militärische Begriffe gewählt. Stärke und Autorität wird so häufig mit kriegerischem Auftreten, Planen und Handeln in Verbindung gebracht. Stärke erweist sich demnach durch das Erteilen von Befehlen, eine militärische Planung, eine entsprechende Aus-*rüstung* und die Fähigkeit zur Kriegführung.

Selbstverständlich verbinden sich im alltäglichen Sprachgebrauch oft die verschiedenen Funktionen: Wenn z. B. die Begegnung zweier Sportvereine mit militärischen Begriffen beschrieben wird (*Pokalschlacht*), dann werden auch die Höhepunkte des Spiels und die Gefühle der Fans entsprechend dargestellt werden (*Täuschungsmanöver, Befreiungsschlag... Flagge zeigen*). In den Medien sind besonders die Bereiche Sport und Wirtschaft von militärischen Ausdrücken betroffen; verstärkt treten sie in jeder Art von Sensations-Berichterstattung auf.

Schritt für Schritt, allmählich und von uns oft nicht bemerkt, entsteht so eine Militarisierung unserer Sprache. Für wichtige Bereiche unseres Lebens liefern uns militärische/kriegerische Wörter und Denkmuster die Ausdrucksmittel. Konkurrenz und Konflikt, Freude und Leid, Macht und Stärke – wie durch eine eingefärbte Brille sehen wir vieles davon in den Schemata: Freund oder Feind, Sieg oder Niederlage, Angriff oder Verteidigung, ich oder sie/er, dafür und dagegen... Sprache lenkt unser Verständnis: Wenn von zwei Parteien vor der Wahl gesagt wird: »*Sie bekämpfen sich bis aufs Messer*«, vermittelt das den Eindruck eines Nahkampfs im Krieg. Gleichzeitig wird der »Konsens der Demokraten« beschworen. Die militärisch-kriegerische Brille, durch die wir vieles sehen, beeinflußt nachhaltig unsere Vorstellung von der Welt – und ist gleichzeitig Spiegel unserer Wirklichkeit: Jenseits unmittelbarer militärischer Gewalt bezeugt unsere Sprache einen permanenten Kriegszustand, der auch mit Hilfe sprachlicher Mittel aufrechterhalten wird. Menschen lernen von klein auf, vieles nicht-militärische mit militärischen Begriffen zu hören, zu verstehen und auszudrücken. Sie werden daher auch eher geneigt sein, (Waffen)-Gewalt, Freund-Feind-Denken und militärische Strukturen für einen unvermeidlichen, wenn nicht unverzichtbaren Teil des menschlichen Zusammenlebens zu halten. Sie werden dazu tendieren, auch ihren eigenen Alltag und ihre persönlichen Erfahrungen immer wieder mit militärischen Kategorien zu deuten und zu erfassen. So wird dann freundschaftliche Kritik als *Angriff* verstanden, gegen den man sich *verteidigen* muß, aus einem Gespräch wird schnell der *Kampf* ums Rechthaben; und wer vermeintlich *gesiegt* hat, sieht nicht mehr, daß es nur *Verlierer/Innen* gegeben hat.

Die Militarisierung der Alltagssprache hat zur Folge, daß der »Krieg« in zivile Bereiche verlegt wird: auf den Sportplatz, in den wirtschaftlichen Wettbewerb, in die Arbeitswelt, in die Familie. Dies trägt dazu bei, daß auf der anderen Seite die Wahrnehmung des Militärischen an seinem ursprünglichen Ort (militärische Planung, Sicherheitspolitik, Rüstung, Krieg) getrübt wird. Denn die Grenzen werden fließend: In die Beschreibung des Alltagslebens ziehen militärische Muster ein, in der Beschreibung des Militärischen werden wiederum Begriffe aus nicht-militärischen Zusammenhängen zur Geltung gebracht. So wird es immer schwieriger, »Krieg« – »Krieg« und »Frieden« – »Frieden« zu nennen, d. h. auseinanderzuhalten, wo das Kriegerische seinen Platz hat und wo nicht.

II. Die gefährliche Verharmlosung des Kriegerischen in unserer Sprache

1. Die zweite Seite der Medaille: Verharmlosung

Die Verharmlosung des Kriegerischen ist in unserer Sprache genauso gegenwärtig und: uns meistens genauso wenig bewußt wie die Militarisierung der Alltagssprache. Die Mechanismen der Verharmlosung funktionieren wirkungsvoll, aber gleichzeitig auch sehr diskret. Irgendwann merken wir vielleicht, daß wir für etwas Zerstörerisches oder Kriegerisches ein wohlklingendes Wort auf den Lippen haben..., manchmal übernehmen wir verharmloste Begriffe, ohne viel darüber nachzudenken. Die Verharmlosung ist auch deshalb so effektiv, weil viele Menschen eine tiefsitzende Scheu haben, direkt auszusprechen, was uns bedroht, gefährdet, Angst macht, was zum Zerstören bestimmt ist, Unheil anrichtet, quält, verletzt und tötet. Auf der anderen Seite gibt es ein Interesse an der Verharmlosung vor allem bei denjenigen, die ein Geschäft machen mit Krieg und Gewalt, oder bei denen, die ihre Interessen nur mit Waffen wahren zu können meinen. Sie werden z. T. tatkräftig unterstützt von allen, die Öffentlichkeitsarbeit betreiben, z. B. in Ministerien und Regierungen, Werbefirmen und Medien. Gerade Zeitungs- und Fernsehleute sind sehr empfänglich für neue Formulierungen; so produzieren sie in ihren Studios, Büros, Redaktionen oft selbst weitere Verharmlosungen, weil sie doch so gut, so modern, griffig oder klug klingen... oder weil sie gerade so gut in die (politische) Richtung passen.

2. *Verharmlosung am laufenden Band: wie die große »Weißwäsche« vor sich geht*

a) »Weißwaschen« durch Abkürzungen und technokratische Formulierungen

»Ach, wie gut, daß (fast) niemand weiß...«, was sich hinter vielen Abkürzungen und eigenartigen Begriffen verbirgt, die uns täglich präsentiert werden. Wieviel leichter redet sich doch von einer »MX« als von einer Massenvernichtungswaffe, die Kontinente überfliegt und Tod und Verwüstung in einem Ausmaß anrichten kann, mit dem verglichen »Hiroshima« als Kleinigkeit erscheint. Ob »SDI«, »INF«, »SS 20«, »T 54« – all diese und viele andere Abkürzungen haben gemeinsam, daß sie anscheinend ganz genau benennen, was gemeint ist: nämlich eine bestimmte Waffengattung, Waffe oder Strategie. Sie sind leicht nachzusprechen und vermitteln den Eindruck, alle wüßten genau, wovon sie reden. Löst man die Abkürzungen auf, entstehen oft abstrakt-technokratische Worthäufungen: »Strategische Verteidigungs-Initiative« – klingt gut, sagt aber nichts über das tatsächliche Vorhaben. »Weißgewaschen«, d. h. gefährlich verharmlost sind solche Formulierungen, weil sie nichts mehr von dem widerspiegeln, was sie bezeichnen: Militärische Konzepte, die einen vernichtenden Angriff im Krisen- oder Kriegsfall enthalten, lesen sich wie praktische, vernünftige technische Anweisungen: Wer ahnt schon, daß »horizontale Eskalation« die Ausbreitung von Angriff und Krieg auf ursprünglich nicht am Konflikt beteiligte Gebiete meint? Erinnert WINTEX nicht viel mehr an diese praktischen kleinen Papiertücher, als an ein großangelegtes Üben für den Kriegsfall? Wen wundert es, wenn die ausgelöschten Menschen nur noch als »Megatote« gezählt werden? Schließlich gehören sie zum »Nebenschaden«, der sich ohne weiteres auf 100000e von Toten belaufen kann. Die Folge dieser Verharmlosung: Abkürzungen und technokratische Begriffe lassen nichts mehr von der tatsächlichen Bedeutung und Wirkung der bezeichneten Dinge durchscheinen. Es entsteht eine Wortwelt, in der uns das Unmögliche (Krieg und Vernichtung) möglich erscheint, jedenfalls aber handhabbar und aussprechbar. Ängste und Befürchtungen werden so hinweggewischt, aber auch die mögliche Ablehnung solcher Waffen und Planungen erschwert.

b) »Weißwaschen« durch Besetzung anderer Sprachzusammenhänge

»Revolutionen finden heute nicht mehr durch Besetzung der Produktionsmittel, sondern durch Besetzung der Begriffe statt« (Kurt Biedenkopf) – auch auf dieser Erkenntnis gründet eine Methode der Verharmlosung: Worte aus einem Bereich, der eher angenehme Assoziationen auslöst, werden »besetzt« für die Bezeichnung von Rüstung und Militärplanung. Einen ganzen »Zoo« haben Waffenhersteller und Militärs aufgeboten, um ihre Schreckenswaffen für uns akzeptabler, »sympathischer« zu machen. Wer kann schon etwas sagen gegen einen »Marder«[1] oder »Leoparden«[2]? Was ist bedrohlich an einem »Luchs«[3] oder »Bison«[4]? Von einem »Frosch«[5] oder

1. BRD-Schützenpanzer.
2. BRD-Jagdpanzer.
3. BRD-Spähpanzer.
4. sowjetischer Bomber
5. sowjetische Kurzstreckenrakete.

»Hühnerei«[6] kann doch wohl keine Gefahr ausgehen! Selbst die Göttinnen und Götter der Antike müssen herhalten, um todbringende Waffen zu bezeichnen: Aus dem »Vater der Götter«, Jupiter, wird eine bodengestützte Mittelstreckenrakete, aus dem Meeresgott Poseidon ein atomar bestücktes U-Boot. Nur Ares, der Kriegsgott, hat auffallenderweise keinen Platz im »Götterhimmel« der Waffen gefunden. Dafür hat die Siegesgöttin Nike ihren Namen einer Rakete geben müssen. Wenn heute selbst »Corpus Christi« (»Leib Christi«, auch Name einer Stadt) zum »Taufnamen« für ein Atom-U-Boot wird, ist der Gedanke naheliegend, man wolle für dieses Vernichtungswerkzeug allerhöchste Absegnung beanspruchen.

Das Wort »Initiative«, bekannt aus wirtschaftlichen oder Bürgerrechtszusammenhängen, klingt in »SDI« schließlich besser als »Krieg im Weltall«. »Ernte« und »Vorrat«, zu Hause auf dem Bauernhof, kaschieren »Eroberung«, »Vernichtung« oder »Rüstungsreserven«. Der »Kurpark« bzw. der »Wagenpark« bekommt mit dem »Nuklearpark« einen scheinbaren Verwandten, der den Atomwaffenbestand (der US-Armee in der BRD) meint. Gelegentlich wird von einem »Paket« von Atomwaffen gesprochen. Die Folge dieser Verharmlosung: Verniedlichung und Ablenkung von der tatsächlichen Vernichtungs-»kraft« oder Bedrohung:

Niemand soll mehr die Schreie der Verletzten und Sterbenden im Ohr haben; niemand soll zerbombte Städte und Dörfer, zerstörte Wälder und Felder vor Augen sehen; niemand soll den Geruch von Brand und Gift in der Nase spüren.

Die Verharmlosung ist gelungen, wenn die »besetzten« Begriffe bei uns immer weiter die Assoziationen auslösen, die sie in ihrem ursprünglichen Zusammenhang wachriefen. Durch die verniedlichende Namensgebung nehmen wir »sinnlich« anderes wahr als Zerstörung und Waffen: unsere Gedanken werden nach »rückwärts«, auf Vertrautes hin, gelenkt. Sympathie kann sich einstellen: Wir sind ja schließlich tierlieb.

6. sowjetische Radarsysteme.

c) Ein trauriges Kapitel: die »Gefallenen« der Kriege

on den Menschen, die im Krieg umgebracht werden, wird meistens als von den »Gefallenen« gesprochen. Eine Freundin sagt: »Mein Bruder ist im Zweiten Weltkrieg gefallen.« Und sie fügt leise hinzu: »Ich weiß, das ist reine Schönfärberei. Er wurde von einer Granate zerrissen. Aber es tut mir weh, das auszusprechen.« So wie ihr ergeht es wohl den meisten Angehörigen von Kriegstoten. Sie betäuben ihren Schmerz und ihre Trauer mit dem verharmlosenden Wort: »gefallen«. Auch das öffentliche Reden von den im Krieg umgebrachten Menschen verwendet diesen Begriff. Auf Gedenktafeln heißt es: »Gefallen auf dem Feld der Ehre« – hier wird auch der Ort des Sterbens, das Schlachtfeld, in die Idealisierung einbezogen – oder: »Gefallen für Volk und Vaterland«, womit dem oft qualvollen Sterben ein höherer »Sinn« zugesprochen wird. Die Rede von den »Gefallenen« hat trotz ihrer offenkundigen Verharmlosung dauerhaften Bestand, weil sie die Gefühle der Angehörigen schont und sie selbst den Begriff verwenden. Darüber hinaus hat diese Redeweise auch eine politische Funktion: Die Trauer um die oft sehr jung gestorbenen Soldaten soll vom Stolz auf sie verdrängt werden. Die Empörung über dieses von Menschen verursachte und damit: vermeidbare Leiden und Sterben wird umgedeutet zum »Heldentod«. Die Idealisierung des Todes von Soldaten im Krieg und die »Sinngebung« (»für Volk und Vaterland«, heute mehr: »für die Freiheit«) dienen auch dazu, nachfolgenden Generationen die Notwendigkeit von Kampf, Krieg und Tod zu vermitteln und ihre Bereitschaft zur Mitwirkung in einer Armee zu fördern. Wer überzeugt ist, daß im Krieg Menschen für ein höheres Ziel getötet wurden, wird weniger kritisch fragen, welche Ursachen und Interessen hinter dem Beginn eines Krieges stehen und welche Alternativen zum bewaffneten Kampf es gibt.

Diese politische Funktion der Rede von den »Gefallenen« wird auch daran deutlich, daß nicht alle im Krieg Getöteten als »Gefallene« bezeichnet werden: sogenannte »Zivilisten«, also Frauen, Kinder und Männer, die etwa bei einem Bombenangriff ums Leben kamen, sind von diesem Begriff ausgeschlossen:

»Heldentum«, »Ehre« und höherer »Sinn« des Sterbens im Krieg sind aufs Schlachtfeld und großenteils auf bewaffnete Männer begrenzt.

2 x stolz

stolz
sprechen die eltern
über die gefallenen söhne

stolz
schweigen sie
über die gefallenen töchter

Manfred Hausin

d) »Weißwaschen« durch Verwendung veralteter Begriffe
Schon Einstein beurteilte die Entwicklung der Menschheit in den letzten 100 bis 150 Jahren skeptisch: Die Menschen haben, vor allem in den sogenannten »Industrieländern«, eine enorme technologische Entwicklung in Gang gesetzt; aber es sieht so aus, als könnten sie zwar vieles erfinden und »machbar« machen, aber nicht mehr wirklich kontrollieren, d. h. in ihrem Denken und Fühlen verarbeiten und die Folgen ihres Tuns abschätzen. Unser Zeitalter ist bezüglich der militär-technologischen Entwicklung u. a. von folgenden Faktoren gekennzeichnet:

- die Möglichkeit der Massenvernichtung durch A-, B-, C-Waffen und der Auslösung einer ökologischen Katastrophe (»nuclear winter«);
- immer kürzere Vorwarnzeiten;
- ständige Steigerung von Präzision und Schlagkraft der Waffensysteme;
- zunehmende Verwendung elektronischer Elemente / Systeme;
- Möglichkeit der Kriegführung von wenigen Schaltstellen aus (»Krieg und Vernichtung per Knopfdruck«);

- Einbeziehung des Weltraums in militärische Planungen und Aktivitäten.

Damit wird die klassische Unterscheidung von »Kombattanten und Nicht-Kombattanten« (kämpfende Truppe und Zivilbevölkerung), von »Angriff« und »Verteidigung« unmöglich bzw. kaum noch möglich. Machbar geworden ist dagegen die Vernichtung des (menschlichen) Lebens auf der Erde. Die mögliche nukleare Katastrophe in Worte zu fassen, übersteigt unsere Vorstellungskraft: »Apokalypse«, »1000mal Hiroshima«, »nuklearer Winter« – stammelnde Versuche, wo wir eigentlich sprachlos sind. Genau hier setzt die Verharmlosung an: Denn wir sehen uns gezwungen, veraltete Begriffe zu verwenden für Dinge, die mit dem früher damit bezeichneten kaum noch etwas zu tun haben. »Krieg ist Krieg?« und »Waffe ist Waffe?« – Ist es so einfach? Der »Krieg« wurde früher einmal »erklärt« und bestand aus vielen Kämpfen »Mann gegen Mann« und funktionierte nach festgelegten Regeln, wenigstens im Grundsatz. Die »Waffen« – das waren einmal Lanzen und Schwerter, Gewehre, Bajonette und Kanonen. Die alten Worte taugen nicht dazu, unsere Wirklichkeit im Atomzeitalter mit den heutigen Konzepten und Möglichkeiten der Kriegführung zu beschreiben. Wir haben aber auch (noch?) keine neuen Worte, weil unser Geist, unsere Seele der Entwicklung hinterherlaufen. Vielleicht weigern wir uns ja auch, die Sprache des »Unmenschen« zu erfinden und den möglichen kollektiven Selbstmord der Menschheit in Worte zu fassen und reden weiter von »Krieg« und »Waffen«, »Angriff« und »Verteidigung«.

Die Folge dieser Verharmlosung: Was »Krieg« heute bedeuten könnte, ist uns unvorstellbar, die alten Begriffe wecken falsche Bilder. Übrigens: Wo heute vielfach Krieg geführt wird, in vielen Ländern der Zweidrittelwelt, hat er auch schon wieder einen netten, technokratischen Namen erhalten: »Low-intensity conflict« (Konflikt niederer Intensität) – die Eroberung mit Hilfe von wirtschaftlichem Druck, psychologischer und propagandistischer »Kriegführung«... und auch von Waffen...!

f) »Weißwaschen« durch Irreführung

Die Irreführung ist eine besonders massive Methode der Verharmlosung, die direkt propagandistischen Zwecken dient. Ein relativ harmloses Beispiel ist die Umbenennung der früheren »Kriegsministerien« in »Verteidigungsministerien«, da ja alle Regierungen behaupten, das eigene Militär diene nur der »Verteidigung«. Ob heute angesichts von atomaren, biologischen und chemischen Waffen noch von »Verteidigung« zu sprechen ist, ist fraglich; denn sie kann ja die Vernichtung dessen herbeiführen, was sie verteidigen will.

In der Debatte um die Stationierung neuartiger Mittelstreckenraketen der USA in der Bundesrepublik zu Beginn der 80er Jahre erweckte das Wort »Nachrüstung« den Eindruck, erst mit diesen Raketen werde das »Gleichgewicht« wiederhergestellt und »Sicherheit« gewährleistet. Daß diese neue Kategorie von Raketen erstmals eine direkte Bedrohung des Gebiets der UdSSR von der BRD aus mit sich brachte und so die BRD auch in neuer Weise Zielscheibe für sowjetische Waffen wurde, wurde nicht vermittelt. Aber auch abgesehen von dieser »Nachrüstungs«-Debatte hat das Wort hohen Gebrauchswert. Ähnlich wie »Umrüstung« oder »Modernisierung« dient »Nachrüstung« dazu, den eigenen Aufwand an militärischen Anstrengungen zu rechtfertigen: Mit Hilfe solcher Begriffe wird die eigene Position immer als die schwächere, bedrohte, nur re-agierende dargestellt. Gerade diese Wörter und die mit ihnen transportierten Prämissen heizen die Rüstungsspirale immer wieder neu an.

Die Folgen dieser Verharmlosung: Menschen werden dazu verleitet, Fragen von »Krieg und Frieden« im Licht einer bestimmten Propaganda zu sehen und zu verstehen; eine »einseitige« Interpretation ist mit Begriffen wie »Nachrüstung» etc. bereits zugrundegelegt und hält davon ab, sich ein eigenes Bild der Situation zu verschaffen. Wir sollen damit – im Interesse z. B. der eigenen Regierung, des eigenen Militärbündnisses – für »nationale Sicherheit«, »Bündnistreue« oder »Verteidigungsbereitschaft« gewonnen werden, ohne noch nach Alternativen, nach der »anderen Seite«, dem Wohlergehen aller Menschen (Rüstungskosten!) zu fragen.

g) »Neusprache«: Leben ist Tod – Krieg ist Frieden

Noch haben wir sie nicht: die »Neusprache«, die George Orwell in seinem Buch »1984« als die vollständige Verkehrung des Wortsinns bereits vor langer Zeit beschrieb. Doch die Methoden der Verharmlosung überschreiten an einigen Stellen bereits die Grenze hin zur totalen »Umwertung der Werte«, für die auch die Bezeichnung »Irreführung« nicht ausreicht. Oft bewirkt gerade die Kombination verschiedener »Weißwasch«-Methoden, daß Militärisches/Kriegerisches nur noch verschleiert wahrgenommen wird. Doch sind die Vorzeichen der »Neusprache« an einigen Stellen auch deutlicher erkennbar:

- Lebendiges wird zur Bezeichnung todbringender Waffen (vgl. besonders »Zoo«, die Bombe als »Baby«).
- Ein Instrument, das bei seiner Verwendung Krieg, Vernichtung, Tod bringt, wird als »friedenserhaltend« bezeichnet (z. B. die Interkontinental-Rakete »Peace-Keeper«).
- Begriffe und Redewendungen aus dem Bereich natürlicher Fruchtbarkeit und aus dem Bereich der Sexualität werden für Zerstörung und Tod gebraucht (vgl. »Ernte« und »Vorrat«, »Väter der Bombe«, »Penetration« für die »Eindring«-Stärke von Raketen, das Gewehr als »Soldatenbraut«.)

Solche Beispiele machen deutlich, daß der Weg hier nicht mehr weit ist hin zu einer Verwendung der Sprache, in der »Tod« – »Leben« bedeutet, »Krieg« – »Frieden«. Dieser Weg ist ebenfalls beschritten bei der bereits häufig gebrauchten Verwendung von »Verteidigung« für »Angriff«: Wann hat jemals ein Land bzw. eine Regierung eingestanden, einen Krieg bzw. einen Angriff selbst ausgelöst zu haben? Im Zweifelsfall halfen Begriffe wie »Präventivschlag« bei der Rechtfertigung des eigenen Tuns. Und Kriegsplanungen, die militärische Kampfhandlungen über die Grenze des eigenen (bzw. verbündeten) Landes in andere Länder (gegnerische) tragen, haben den Namen »Vorwärts-Verteidigung«. Mit einem solchen Sprachgebrauch wird bewirkt, daß niemand für einen Angriffskrieg verantwortlich gemacht werden kann bzw. die Beteiligten (Gegner) sich die Verantwortung gegenseitig zuschieben. So wird dann davon gesprochen, daß ein Krieg »ausgebrochen« ist: Krieg wird zum (unausweichlichen) Schicksalsschlag, der über die Menschen hereinbricht wie eine Naturkatastrophe. Die Verantwortlichen, die Drahtzieher und Nutznießer sind nicht greifbar, d. h. auch nicht für die Folgen ihres Tuns zu behaften.

3. Was die Verharmlosung bewirkt

Verschleierung: Hinter den »weißgewaschenen« Begriffen verschwinden wie in einem Nebel die Sachverhalte, die uns Angst einjagen könnten, die nachdenklich und kritisch werden lassen könnten. Wir sehen eine schöne Fassade, aber nicht mehr den Schrecken dahinter.

Scheininformation: Besonders präzise klingende Begriffe (etwa Abkürzungen, technokratische Begriffe) lassen uns annehmen, wir seien gut informiert worden; tatsächlich sind wir nur über Teilaspekte unterrichtet. Anschauliche Worte beflügeln unsere Vorstellungskraft; doch wir wurden auf andere Spuren gesetzt (z. B. durch Besetzung anderer Zusammenhänge) oder sind der Verniedlichung auf den Leim gegangen. Was für unsere Meinungsbildung wichtig wäre, wird an den Rand gedrückt oder ausgelassen: etwa die Wirkung von Waffen und Konzepten, die realen oder politischen Folgen von Stationierung oder Einsatz der Waffen; Überlebenschancen, Alternativen, Zukunftsperspektiven.

Beschwichtigung: Die harmlos klingenden Worte lassen uns in dem Glauben, es sei doch »alles nicht so schlimm«; was getan wird – etwa bezüglich Rüstung, Planung für den Kriegsfall – sei notwendig und keinesfalls beängstigend.

Höhere Akzeptanz von Militär und Sicherheitspolitik... Durch »weißgewaschene« Worte wird uns schmackhaft gemacht, was sonst leicht unsere Rückfrage, Kritik, ja vielleicht sogar Ablehnung und Widerstand hervorrufen würde.

Die Verharmlosung bringt also entgegen ihrem ersten Anschein nicht Klarheit und Aufklärung. Nicht Information und Mündigkeit ist die Wirkung der Verharmlosung, sondern im schlimmsten Fall bringt sie *unmündige Bürgerinnen* und *Bürger* hervor, die sich mit Worthülsen und Wohlklang zufriedengeben, wo realistische Aufklärung nottäte. Durch die Besetzung neuer Sprachzusammenhänge entsteht eine *Militarisierung »ziviler« Sprachbereiche*. Aber am gründlichsten bewirkt die Verharmlosung die *Verdrängung der tatsächlichen Bedrohung*.

III. »Gedanken des Friedens und nicht des Leides…« (Jeremia 29,11)

Die Militarisierung unserer Alltagssprache und die Verharmlosung des Kriegerischen betrifft alle, die mit Sprache umgehen. Auch kritische und in der Friedensbewegung engagierte Bürgerinnen und Bürger entdecken oft militärische Ausdrücke in ihrem Wortschatz an Stellen, wo sie nicht hingehören. Auch sie geben ihre Einsichten oft mit »weißgewaschenen« Begriffen weiter. Wenn dies geschieht, dann werden die Visionen vom Frieden in Gerechtigkeit und von der Überwindung der Gewalt bald eingeholt von den Strukturen, die sie doch verändern wollten. Denn mit den »alten« Sprachmustern werden auch die »kritischen Geister« in den »alten« Denkmustern festgehalten, die die Welt einteilen in Freund und Feind, gut und böse, Angriff und Verteidigung… So werden Schritt für Schritt, *im Gleichschritt, Marsch*!, die eine Welt, das gemeinsame Haus Europa zur unvorstellbaren Angelegenheit.

»Aber«, so wurde ich einmal in einer Frauengruppe gefragt, »Können und sollen wir das denn überhaupt: auf Militärisches in der Sprache achten oder darauf verzichten? Zum Beispiel das Wort ›verteidigen‹ – müssen wir uns nicht unser Leben lang auch gegen andere verteidigen: gegen die Eltern, gegen Schulkameraden, später gegen unsere eigenen Kinder, wenn sie zu hohe Ansprüche an uns stellen?« – Ich sagte: »Das Schlimme an solchen militärischen Ausdrücken ist, daß sie immer dieses ›gegen‹ ins Spiel bringen. Dabei ist das, was Sie beschrieben haben, doch nichts, was sich gegen andere richtet. Es hat doch mehr mit dem Recht der einzelnen zu tun, ein eigener Mensch zu werden. Deshalb finde ich es besser zu sagen: ›Ich tue das für mich, weil ich es brauche‹.« – Meine Gesprächspartnerin ist überrascht. »Im persönlichen Bereich kann ich mir das ja noch vorstellen«, meint sie, »aber da ist ja noch der politische Bereich, die Sprache von Politikern, auch wenn es um das Verhältnis zwischen Staaten geht.« – »Ja, auch da«, meine ich: Trotz aller politischen Veränderungen mit der Aussicht auf die Auflösung der Militärblöcke geht auch in unserem Land die »alte« Sicherheitspolitik einschließlich der Beteiligung an der nuklearen Abschreckung weiter: Sie beruht auf der Vorstellung, daß Sicherheit für das eigene Land nur zu erreichen ist, wenn die andere Seite »abgeschreckt«, d. h. glaubhaft bedroht wird: Je mehr gerüstet wird – so die »Logik« der Abschreckung – desto sicherer! Aber das »Neue Denken im Atomzeitalter« und die Perspektive einer gesamteuropäischen Friedensordnung setzen voraus, daß Sicherheit heute nicht mehr von den Staaten gegeneinander, sondern nur noch miteinander erreicht werden kann. Erste vorsichtige Schritte sind getan in einem Prozeß, der die Staaten ins Gespräch darüber bringt, was sie für ihr Sicherheitsbedürfnis brauchen. Da geht es z. B. um eine Verteidigungsfähigkeit, die keinen Angriff mehr ermöglicht (»strukturelle Angriffsunfähigkeit«), um vertrauensbildende Maßnahmen wie Manöverbeobachtung und Datenaustausch, Abrüstung und Rückzug bzw. Verminderung von Streitkräften. Auch im politischen Bereich ist es also nicht nur ehrlicher, sondern langfristig auch »sicherer« zu sagen, was wir für uns – unser eigenes Land – brauchen, statt die eigenen Rüstungsanstrengungen mit der Unberechenbarkeit und Bösartigkeit der anderen Seite zu begründen.

Bei der Frage: Was tun im Hinblick auf die Militarisierung unserer Alltagssprache? kann es also nicht einfach um »kosmetische« Veränderungen gehen. Militarismus in unserer Sprache ist weder ein belangloser Schönheitsfehler noch persönliche Schuld. Er ist Ausdruck eines Denkens und Fühlens, das wir von Klein auf lernen und mit anderen praktizieren. Aber wir werden erwachsen und prägen auf unterschiedliche Weise das Sprachverhalten, das wir selbst fortführen und das derer, die nach uns kommen. Wenn wir wollen, daß »Gedanken des Friedens« weitergetragen werden, müssen wir auch entsprechend reden. Dazu gehört, daß wir uns unseres eigenen Sprechens bewußt werden. Militarismus in unserer Sprache hat zudem mit den politischen Verhältnissen zu tun, in denen wir leben: es gibt politische und wirtschaftliche Interessengruppen, denen daran liegt, Militärisches von Kindheit an in uns einzupflanzen. Neues Denken braucht eine Sprache, die realistisch und visionär zugleich ist.

Verändern können nur die, die sehen und sagen, was ist. Angst und Gleichgültigkeit hindern viele Menschen an der Wahrnehmung der Wirklichkeit im Atomzeitalter. Die Auseinandersetzung mit der eigenen Angst ist ein wichtiges Mittel gegen die Macht der Verharmlosung. Aufdeckend und aufklärerisch wirken »dumme« Rückfragen bei wohlklingenden und technokratischen Begriffen, das Einbringen der eigenen Wert- und Zielvorstellungen, die Frage nach Folgen und Alternativen, die Nutzung verschiedenartiger Informationsquellen. So wird uns nicht entgehen, daß ein beiläufig erwähnter »Nebenschaden« den Tod von Hunderttausenden von Menschen meint. Wo immer wir es schaffen, die Dinge beim Namen zu nennen – die Schrecken, die uns umgeben, oder die Hoffnung, die uns leitet –, so daß die Vorstellungskraft angeregt wird und die Folgen sichtbar werden, entziehen wir uns der verharmlosenden »Neusprache« und ihrer heimlichen Macht.

Sprache lenkt unser Verständnis. Als Christin und Pfarrerin gehe ich besonders viel mit dem Wort um, ja ich vertraue mit vielen anderen sogar auf seine heilschaffende Wirkung, als »frohe Botschaft«. Deshalb liegt mir besonders daran, welches Verständnis der Dinge und der Welt wir weitergeben: ob es ein zerstörendes kriegsstiftendes Wort ist – »Gedanken des Leides« – oder ein heilschaffendes, friedensstiftendes – »Gedanken des Friedens«.

Ina Praetorius

Der kleine Unterschied zwischen Mutter und Retorte

Was die Sprache der Wissenschaftler über ihre Einstellung zu Frauen verrät

Was schon seit geraumer Zeit bekannt ist, erhält durch die Entwicklungen der Gen- und Reproduktionstechnologien neuartige Aktualität: Frauen sind nicht in gleicher Weise wie Männer Subjekte der Naturwissenschaften. Sie werden von der Wissenschaftstheorie tendenziell in den Objektbereich hineindefiniert, d. h. mit der zu erforschenden Natur, nicht mit dem forschenden (und herrschenden) Subjekt gleichgesetzt. Daß Frauen sich inzwischen Zugang zu naturwissenschaftlichen Ausbildungen und Berufen erkämpft haben, ändert nicht viel an dieser Tatsache, denn längst vor der Zulassung der Frauen hat sich das wissenschaftliche Paradigma fest etabliert und ist zum integralen Bestandteil der Wirtschafts- und Sozialstrukturen hochindustrialisierter Gesellschaften geworden.

Insbesondere die Reproduktionstechnologie macht die zwiespältige Stellung der Frauen in Naturwissenschaft und Technik augenfällig: Frauen wirken einerseits – als Forscherinnen, Ärztinnen, Technikerinnen – mit an der Entwicklung und Anwendung der Technologie. Sie sind andererseits Forschungsobjekte im klassischen Sinn: Materie, an der und mit der experimentiert wird, Medium des Erkenntnisfortschritts, schließlich das Stück Natur, das im Sinne einer ihm selbst entfremdeten Zweckhaftigkeit manipuliert werden soll: der weibliche Körper soll rationeller arbeiten, Risiken sollen minimiert, das Produkt (Kind) optimiert werden. Es ist nicht erstaunlich, daß Frauen als *in den Objektbereich hineindefinierte Subjekte* Initiatorinnen und Trägerinnen des Widerstandes gegen die Reproduktionstechnologie geworden sind. Denn die Beteuerungen der Technokraten, man wolle mit der Entwicklung dieser

Technologie doch nichts weniger erreichen als ein Mehr an Freiheit für Frauen, sind angesichts dieses kritischen Befundes und angesichts der *Erfahrungen*, die Frauen in reproduktionstechnologischen Forschungsbetrieben machen, allzu fadenscheinig.

Die These, Frauen seien – ungeachtet ihrer rechtlichen Gleichstellung – wissenschaftstheoretisch nach wie vor auf der Seite der blinden Natur angesiedelt, stößt bei präfeministischen WissenschaftlerInnen auf großen Widerstand. Um die These zu stützen, habe ich mir einen Sammelband neueren Datums vorgenommen, in dem Wissenschaftler verschiedener Disziplinen – Biologen, Genetiker, Gynäkologen, Ethiker – über Reproduktionstechnologie sprechen (Hansjakob Müller Hrsg., Reproduktionsmedizin und Gentechnologie. Schweizer Experten informieren. Basel 1987). Ich habe diese Texte daraufhin befragt, *wie* Frauen, die ja beim Thema Reproduktionstechnologie notwendigerweise *irgendwie* auftauchen, zum Thema werden. Hinter diesem Vorgehen steht die Annahme, daß die *Sprache* der Wissenschaftler etwas – wenn auch nicht alles – über ihre Einstellung zu Frauen offenbart.

Frauen *als Personen* sind für den Wissenschaftler nicht existent

Das gänzliche Schweigen der beteiligten Frau fällt mir als erstes auf. Bezeichnend sind die zahllosen wissenschaftlichen Beschreibungen des Befruchtungsvorganges, in denen weder verbal noch graphisch auch nur ein einziges Mal darauf hingewiesen wird, daß sich dieser Vorgang innerhalb einer weiblichen Person ereignet. Ich erinnere mich, daß mir schon im Biologieunterricht die eigenartig hirschgeweih- oder wurstförmigen Zeichnungen peinlich waren, die da auf der Wandtafel erschienen und von denen ich wußte, daß sie irgendwie mein Inneres abbilden sollten (ich kann mich übrigens kaum entsinnen, daß im Unterricht jemals die Geschlechtsorgane des Mannes in ähnlich abgespaltener Art und Weise in Erscheinung traten). Solche graphischen Darstellungen der weiblichen Geschlechtsorgane tauchen – in Verbindung mit einem gänzlich frauenfreien Text – in den wissenschaftlichen Publikationen zur Reproduktionstechnologie wieder auf (im Referenzbuch z. B. auf S. 19, 54, 73), mit dem kleinen Unterschied, daß es jetzt noch allerlei technisches Gerät dabei zu bewundern gibt: Spritzen, Schläuche, Spiegel, Nadeln, Spiralen, die aus jeder möglichen Richtung auf die freischwebenden Organge gerichtet oder in ihnen installiert sind. Nur selten ist auf den Graphiken erkennbar, daß die abgebildeten Instrumente beispielsweise die Bauchdecke einer Frau schmerzhaft durchdringen müssen, um zu ihrem Ziel zu gelangen. Und wenn die Bauchdecke zwecks technischer Unterweisung noch angedeutet ist, so fehlen doch ganz gewiß der Kopf und die Füße. Nicht nur in den gynäkologischen Texten werden Frauen auf diese Weise ausradiert. Auch in wissenschaftlich-ethischen Texten zur Reproduktionstechnologie erscheinen sie höchst selten. So läßt etwa der Ethiker *Franz Furger* in seinem Aufsatz »Die In-vitro-Fertilisation vor der Herausforderung von Forschung, Lebensschutz und Menschenwürde« achtmal irgendwelche Komitees, Ministerkonferenzen, Ethikkommissionen und vierzehnmal Experten der verschiedensten Bereiche – Juristen, Ethiker, Mediziner, Bischöfe – als handelnde Personen auftreten. Insgesamt achtmal erscheinen »Partner«, »Gatten«, »Eltern« und die sogenannten »Betroffenen«. Der Embryo bzw. das Kind, um dessen Schutz es *Furger* vorrangig geht, erscheint im Aufsatz ingesamt fünfzehnmal. Von Frauen ist – mit Ausnahme der dreimaligen technischen Erwähnung der Mietmütter – kein einziges Mal die Rede. Lediglich weibliche Geschlechtsorgane – Gebärmutterhöhle, Vagina, Mutterleib – werden als Ort des Geschehens angegeben. Ein ganz ähnliches Bild wie der Gynäkologe vermittelt also der Ethiker: Frauen als entscheidende Subjekte sind nicht existent. Allenfalls als nicht eigens erwähnenswerte Bestandteile von Ehepaaren oder als geschlechtslose sogenannte »Betroffene« treten sie in Erscheinung. Die Moral wird von Experten gemacht.

Frauen sind Experimentiergefäße

Ich sagte, Frauen seien in den Texten nicht als menschliche Subjekte, sondern als Orte, als Gefäße für ein Geschehen vorhanden. Eine Graphik in meinem Referenzbuch – sie befindet sich im Aufsatz des Gynäkologen *Aldo Campana* auf S. 73 – zeigt beispielsweise eine Reihe von Gefäßen, in denen sich die Eizelle bei der In-vitro-Fertilisation nacheinander aufhält: erst der Eierstock, dann die Petrischale, dann ein Implantiergefäß, schließlich die Gebärmutter. Für Nichtfachleute ist fast nicht mehr zu erkennen, bei welchem dieser schematisch dargestellten Behälter es sich um Körperteile, bei welchen um Kunstprodukte handelt. Der Begleittext vermittelt ein entsprechendes Bild: In der Sprache *Campanas* verschwimmen die zahlreichen Gefäße, mit denen er im Verlauf der Prozedur zu hantieren hat. Beim folgenden Textausschnitt handelt es sich wohlgemerkt um die Beschreibung einer Operation am weiblichen Körper: »Der Katheder wird unter laparoskopischer Sicht und sterilen Kautelen transabdominal in den ampullären Teil der Tube gebracht. Mit einer Faßzange wird das ampulläre Ende der Tube gefaßt und diese dem Katheder entgegengestreckt. Nach Sondierung der Eileitermündung wird der Katheder etwa 1,5 cm tief ampullär vorgeschoben. Die Gameten werden hierin transferiert (...). Bei Vorliegen von mehr als 2 Eizellen kann das Prozedere auch an der anderen Tube durchgeführt werden.« (S. 74) Frauen also: Tuben und Ampullen. Übrigens kann diese Manier, Frauen mit Gefäßen gleichzusetzen, sich auf eine alte philosophische Tradition stützen. Die Fortpflanzungstheorie des Aristoteles besagt, die Frau diene dem formgebenden männlichen Samen lediglich als Aufbewahrungsort und Materiallieferantin. Im Unterschied zum antiken Philosophen sind heutige Mediziner darüber im Bilde, daß diese Theorie die Wirklichkeit falsch abbildet. Ihrer Weiblichkeitsideologie kann dieses neue Wissen kaum etwas anhaben.

Frauen sind Kinderproduktionsmaschinen

Die moderne Schulmedizin tendiert insgesamt dazu, den menschlichen Körper in Analogie zum Maschinenmodell zu beschreiben und zu behandeln. Maschinen sind mechanische Kunstprodukte, die aufgrund des funktionellen Zusammenwirkens ihrer Einzelteile nützliche Arbeit leisten, indem sie z. B. selbsttätig Produkte herstellen. Maschinen sind reparierbar mittels dem Einsatz von serienmäßig hergestellten Ersatzteilen. Der Mensch gilt analog dazu als funktionelle Einheit von Einzelteilen, die – wenn sie vom Arzt funktionsfähig erhalten werden – nützliche Aufgaben verrichten kann. Frauen sind besonders unentbehrliche Menschmaschinen, weil sie Menschen herstellen, d. h. dasjenige unverzichtbare Produkt, das bei aller medizinischen Technologie noch nicht industriell fertigbar ist. Weil Frauen als Produkteherstellerinnen so unentbehrlich sind, ist es notwendig, sie ganz besonders auf ihre Funktionalität zu verpflichten, ihnen möglichst wenig andere, »dysfunktionale« Betätigungsmöglichkeiten zu eröffnen.

Selbstverständlich tritt die Gleichsetzung der Frau mit einer Gebärmaschine in humanmedizinischen Texten selten offen zutage. Ein Blick in die Veterinärmedizin, in der z. B. Kühe unverblümt als Milch- und Kälberherstellungsmaschinen benannt werden, ist aufschlußreich. Und gewisse Andeutungen in medizinischer und ethischer Fachliteratur lassen Rückschlüsse zu auf eine implizite Analogiebildung von Frau und Gebärmaschine. Die Selbstverständlichkeit etwa, mit der Mediziner den Kinderwunsch von Frauen als quasi natürlichen Mechanismus darstellen, spricht Bände. Und geläufige Begriffe wie »Embryobewertung« oder »Neugeborenen-Screening« (S. 163) erinnern nicht nur entfernt an den in der Industrie üblichen Arbeitsschritt »Produktekontrolle«.

Frauen sind mangelhafte Maschinen. Sie stellen eine Gefahr für Embryonen und Spermien dar und sind daher kontroll- und betreuungsbedürftig

Häufig trifft man in der Literatur zur Reproduktionstechnologie auf Passagen, in denen der weibliche Körper als ungünstige, fehlerhafte, ja gefährliche Umgebung für Spermien und Embryonen beschrieben wird. Der Gynäkologe *Mario Litschgi* z. B. schreibt in seinem Aufsatz zur artifiziellen Insemination, es sei von Vorteil, wenn die »Spermien gegen das ungünstige vaginale Milieu geschützt« (S. 53) würden. Auch die endlosen Beschreibungen möglicher organischer, psychischer oder umweltbedingter Ursachen für Infertilität erwecken den Eindruck, der Mutterleib sei ein denkbar unwirtlicher Aufenthaltsort für werdendes Leben und daher möglichst durch Technik zu ersetzen oder zumindest lückenlos technisch zu kontrollieren. Gegenüber der Invitro-Fertilisation, die im hygienischen Labor unter strenger wissenschaftlicher Aufsicht vollzogen wird, muß die unkontrollierbare, durch Emotionen wie »Liebe« beschmutzte In-vivo-Fertilisation je länger, je mehr als risikobehaftetes Unternehmen erscheinen. Ähnlich wie die Hausgeburt schon heute als Fahrlässigkeit gilt, könnten in Zukunft auch Paare, die wenigstens den Zeugungsvorgang noch medizinischer Kontrolle entziehen wollen, zur Rechenschaft gezogen werden. Zu den körperlichen Unzulänglichkeiten kommt in den Augen des Mediziners die psychische Labilität der Frauen hinzu, die ihrerseits psychologische Kontrolle zusätzlich zur medizinischen legitimiert. So schreibt *Mario Litschgi*: »Die Erwartungshaltung führt zu einer sehr großen psychischen Belastung. Eine AIH-Behandlung (Artifizielle Insemination I.P.) sollte daher durch eine sorgfältige ärztlich-psychologische Führung und persönliche Unterstützung begleitet sein« (S. 57). Die Frau gilt somit aufgrund ihrer zahlreichen Mängel als auf der ganzen Linie betreuungs- und kontrollbedürftig.

Frauen sind Meßgeräte

Daß Frauen in der Reproduktionsforschung auch als lebende Meßgeräte Verwendung finden, entnehme ich folgendem Zitat aus dem Aufsatz des Gynäkologen *Dino Da Rugna*: »Bei der Pertubation (dem Durchblasen von CO_2 durch die Zervix) bestehen die Zeichen für Durchgängigkeit wenigstens einer Tube im Druckabfall der registrierten Kurve, im Nachweis bestimmter Geräusche bei der Auskultation der Bauchhöhle und in der Wahrnehmung eines Schulterschmerzes durch die Patientin...« (S. 28). Diese kurze Passage ist eine der ganz wenigen im Buch, in denen von Schmerzen die Rede ist. In einem Text, in dem es angeblich um Heilkunst geht, ist der Schmerz der »Patientin« nur dann erwähnenswert, wenn er als Indiz für den Erfolg einer Technik dient.

Frauen sind Natur und als solche Rohstofflieferantinnen

Das Land, von dem die in der Forschung dringend benötigten Eizellen abgeerntet werden, ist der weibliche Körper. Die Sprache, die die verschiedenen Techniken der »Oozytengewinnung« beschreibt, erinnert folglich an Fachterminologien z. B. des Bergbaus oder der durchtechnisierten Landwirtschaft. *Aldo Campana* etwa beschreibt die Bestimmung des Zeitpunktes der Eizellengewinnung analog zur Erntezeitbestimmung in der Landwirtschaft: »Die optimale Zeitbestimmung für die Follikelpunktion ist sehr wichtig... Eine frühzeitige Follikelpunktion kann zu einer Gewinnung noch unreifer Eizellen führen, die geringere Fertilisationschancen haben.« (S. 67) *Gena Corea* zählt in ihrem Buch »Mutter Maschine« eine Anzahl Metaphern auf, mit der die Eizellengewinnung im Gynäkologenslang belegt wird: »Die meisten Wissenschaftler reden von ›nach Eiern angeln‹, andere nennen es ›rekrutieren‹, ›ausheben‹, ›ernten‹ oder ›einfangen‹, aber der lebhafteste bildliche Ausdruck in den Wissenschaftszeitschriften ist der der Jagd: Männer auf der Jagd nach Eiern im Körper von Frauen.« (Corea S. 104) Bei diesen Erntetechniken sind übrigens die Schmerzen für die Frau sehr stark. Da sie aber offensichtlich keine Indikatorfunktion haben, werden sie nicht erwähnt.

Übrigens erreicht die Degradierung des Menschen zur Naturressource auch den Mann. Zwar muß man für die »Samengewinnung« keine bergbauähnlichen Techniken entwickeln. Trotzdem scheint mir auch die Beschreibung der Spermagewinnung häufig als entwürdigend.

Frauen sind Mütter oder wollen es dringend werden
Unfruchtbare Frauen sind Patientinnen

Dino Da Rugna bezeichnet in seinem Aufsatz über männliche und weibliche Unfruchtbarkeit Frauen fast ausschließlich als Patientinnen. Im Unterkapitel über weibliche Infertilität kommt nur ein einziges Mal das Wort »Frau« vor. Zwar gelten *Da Rugna* auch sterile Männer stellenweise als Patienten, jedoch weniger häufig. Im Abschnitt über die männliche Unfruchtbarkeit erscheint immerhin achtmal das Wort »Mann«. Ich schließe daraus, daß Frauen, die keine Kinder bekommen können, dem Mediziner als krank gelten. Das künstliche Herstellen von Babies erscheint mithin als Therapie. Daß der Arzt bzw. das Spital für verheiratete Frauen mit Kinderwunsch prinzipiell die richtige Adresse sind, wird im Buch nicht in Frage gestellt. Allenfalls wenn Frauen unverheiratet oder psychisch labil, d. h. in anderer Hinsicht schon »nicht ganz normal« sind, wird ihnen von Infertilitätstherapien abgeraten. Daraus läßt sich schließen, daß Ehe und Mutterschaft zur Normalität weiblichen Lebens, zur »Gesundheit« der Frau gehören. Daß Frauen als natürlicherweise zur Mutterschaft prädestiniert gelten, ist angesichts ihrer angenommenen Nähe zur Natur und zur Maschine nicht erstaunlich. Allerdings widerspricht es der These, die Reproduktionstechnologie erweitere die Wahlmöglichkeiten der Frauen, verhelfe ihnen also zu mehr Freiheit. So sehr Frauen nämlich im medizinischen Fachtext selbst als auf Mutterschaft fixiert erscheinen, so sehr legt man innerhalb des propagandistischen Rahmens der neuen Technologie Wert darauf,

Frauen als frei entscheidende menschliche Subjekte

zu würdigen, deren Wahlmöglichkeiten zu vermehren man sich bemüht. Ich weiß nicht, ob ich es als Ehrlichkeit begrüßen oder als Frauenverachtung tadeln soll, daß ich in meinem Referenzbuch für dieses Frauenbild keine Belegstelle gefunden habe. *Franz Furger* spricht zwar davon, die Technologie enthalte neue Möglichkeiten für *den Menschen*, körperliche Defekte »eigengestalterisch zu beheben« (S. 97), aber in seinem Aufsatz ist ja wie gesagt von Frauen überhaupt nicht die Rede, also sicher auch nicht von ihrer Freiheit. Auch der Theologe und Philosoph *Hans-Peter Schreiber* erwähnt im Hinblick auf die pränatale Diagnose nur die »Erweiterung medizinischer Handlungsmöglichkeiten« (S. 189), nicht aber ein Mehr an Freiheit für Frauen. Offenbar halten es die Autoren nicht für nötig, die ansonsten durchaus übliche Verbeugung vor der emanzipationsbewußten Frau zu machen. Auch wenn sie – wie andere, propagandistisch besser geschulte Anpreiser – ihren Kundinnen diese Referenz erwiesen, hätten sie damit noch nicht die Diskrepanz überbrückt, die zwischen dem mutterschaftsfixierten Naturwesen Frau und dem Kontrukt der freien Emanzipierten besteht.

Das Bild der souverän selbstbestimmenden Frau steht einsam neben den zahlreichen Funktionalisierungen weiblicher Körper für die Forschung. Schon daß es nur außerhalb der Gattung »wissenschaftliche Abhandlungen« im Propagandatext erscheint, löst dieses Frauenbild von den übrigen ab. Widersprüche bleiben unaufgeklärt: Wie läßt es sich erklären, daß Frauen einerseits als freie Subjekte gefeiert werden, andererseits aber ihr Kinderwunsch, *eine* ihrer möglichen Entscheidungen also, als natürlicher Mechanismus beschrieben wird? Ist gar nicht wirkliche Wahlfreiheit gemeint, sondern vielmehr die Freiheit, eine vorbestimmte Rolle zu erfüllen? Und wie verhält sich das freie Subjekt Frau zur Vorstellung der psychisch labilen Patientin?

Die kritische Lektüre der Texte hat gezeigt, daß Wissenschaftler, wenn sie nicht Propaganda machen, sondern ihr Forschungsgebiet sachlich beschreiben wollen, Frauen *als Personen* nicht kennen. Der *Körper* der Frau – als *Ort* des Geschehens, als *Funktion* innerhalb eines technischen Ablaufes und als natürlicher *Mechanismus*, der (natur-)gesetzlich in eine bestimmte Richtung (in Richtung auf biologische Fruchtbarkeit nämlich), strebt, ist von Interesse. Auch die beiden Ethiker Furger und Schreiber nehmen Frauen nicht als entscheidungsfähige Wesen wahr: Die Moral wird vom ›Menschen‹ gemacht. Und ›Menschen‹, das scheinen nur ›Ehepaare‹, ›Minister‹, ›Bischöfe‹ und ›Kommissionen‹ zu sein.

Ich will nun nicht behaupten, die Analyse der Sprachoberfläche einiger weniger wissenschaftlicher Aufsätze liefere einen schlüssigen *Beweis* für meine These. Frauen würden nach wie vor mit ›Natürlichkeit‹ statt mit ›Menschlichkeit‹ identifiziert. Nachdenklich sollte mein Befund aber jedenfalls machen: Hat ein Wissenschaftler, der einen Aufsatz über In-vitro-Fertilisation schreiben kann, ohne ein einziges Mal das Wort ›Frau‹ zu gebrauchen, überhaupt schon einmal *nachgedacht* über sein Bild von den Frauen? Und über den Zusammenhang, der möglicherweise zwischen seiner restlosen Verdrängung des Subjektes Frau und dem Zerstörungspotential der Wissenschaft besteht, die er noch immer als menschenfreundlich anpreist? Wie weit reicht die Intelligenz eines Gynäkologen, der die Reproduktionstechnologie als Freiheitszuwachs für Frauen anpreist und dessen Sprache doch verrät, daß er sich unter Frauen ein Stück blinde Natur vorstellt, das nichts anderes ›wollen‹ kann als Fruchtbarkeit?

Sprachkritik ist ein wirksames Instrument, auch wenn es um den Widerstand gegen eine Naturwissenschaft geht, die über ihr Zerstörungspotential nun endgültig keinen Zweifel mehr aufkommen läßt. Auch wenn sich die Technokraten entrüstet zur Wehr setzen: Sprache sei doch nur ›Oberfläche‹ und Rückschlüsse auf den Kern ihrer heiligen Wissenschaft seien nicht erlaubt... Genau diese Rückschlüsse sind *geboten*. Und der Ärger der Entlarvten ist der beste Beweis dafür, daß ein Stück Wahrheit an den Tag gekommen ist.

Literatur

Gena Corea: Mutter Maschine. Reproduktionstechnologien – von der künstlichen Befruchtung zur künstlichen Gebärmutter. Berlin 1986.

Evelyn Fox Keller: Liebe, Macht und Erkenntnis. Männliche oder weibliche Wissenschaft? München/Wien 1986.

Hansjakob Müller (Hrsg.): Reproduktionsmedizin und Gentechnologie. Schweizer Experten informieren. Basel 1987.

Oekumenische Frauenbewegung Zürich. Feministisch-theologische Thesen zu Gerechtigkeit, Frieden und Bewahrung der Schöpfung, in: Schlangenbrut, 25. Mai 1989, S. 40/41.

II. Gerechte Sprache im Leben der Kirche

> Wenn es stimmt, daß die Grenzen unserer Sprache die Grenzen unserer Welt sind, dann ist die grammatikalisch-androzentrische Sprache der Bibel und ihrer Übersetzung ein äußerst wichtiges Thema für den Feminismus.
> *Elisabeth Schüssler-Fiorenza*

Hildburg Wegener

»Siehe, das ist meine Beauftragte«

Frauengerechte Sprache in der Übersetzung der Bibel

Angefangen hat alles eines Abends im Sommer 1986 in Utes Pfarrgarten. Sie hatte Freundinnen und Freunde eingeladen, um von einer theologischen Studienreise in den USA zu berichten. Unter anderem zeigte sie uns das neue »Inclusive Language Lectionary« des Nationalen Rates der Christlichen Kirchen in den USA [1], das sie mitgebracht hatte. Dieses Lektionar enthält die für den Gottesdienst vorgesehenen Schriftlesungen und Predigttexte für drei Kirchenjahre. Diese sind konsequent so umformuliert, daß auf Gott, Christus und Gottes Geist nicht mit männlichen grammatischen Formen verwiesen wird und Frauen und Männer sprachlich gleichberechtigt genannt werden.

Wir diskutierten, ob so etwas wohl auch für die deutsche Sprache und für die deutschen Kirchen möglich wäre. Und das war der Anfang der »Frankfurter Sprachgruppe«, die in wechselnder Besetzung seitdem zusammengearbeitet hat.[2]

Schwerpunkt unserer Arbeit war die Frage nach Bibeltexten in frauengerechter Sprache. Denn die an Männern orientierte Sprache der Bibel in einer von Männern bestimmten Überlieferung prägt unseren Gottesdienst, unsere Liturgie, unsere Lieder, unsere Bekenntnisse, unsere theologischen Sätze und unsere exegetischen Kommentare. Es fällt schwer, sich von dieser Sprache in der Predigt, im Unterricht, im persönlichen Gebet zu lösen. Die Bibel, bei uns vor allem die Lutherübersetzung [3], bildet die Grundlage unseres Redens über den Glauben, andere Sprachmodelle können sich kaum dagegen durchsetzen.

Die an Männern orientierte Sprache und Vorstellungswelt der Bibel liegt auch den Bildern abendländischer Kunst, den Illustrationen von religiösen Kinderbüchern und schulischen Religionsbüchern zugrunde. Kinder sehen niemals die bildliche Darstellung einer Apostelin oder einer Frau im Jüngerkreis. Und wenn die beiden Jünger auf dem Weg nach Emmaus eine Frau und ein Mann gewesen wären? Rein sprachlich ist das nicht nur möglich, sondern nach dem Sprachgebrauch des Lukas sogar wahrscheinlich [4]. Erst wenn das aus der Übersetzung eindeutig hervorginge, würde die Geschichte auch entsprechend illustriert werden. Der Satz »Es gab natürlich auch Frauen um Jesus«, bewirkt wenig, wenn Frauen in der Sprache und in den Bildern nie vorkommen.

Die Bibel – Dokument einer patriarchalen Kultur und einer ebenso patriarchalen Überlieferung

Einer patriarchalen Kultur entspricht eine androzentrische, aus der Perspektive von Männern formulierte Sprache. (Das Wort ist von dem griechischen Stamm »andr-« für Mann abgeleitet.) Im Hebräischen zeigt sich diese Androzentrik zum Beispiel in der Art, wie im Rahmen des Stammesdenkens Kollektivbegriffe gebildet werden. Die Gesamtheit des Volkes Israel wird auf die zwölf Söhne Jakobs zurückgeführt (Jakob hatte von Gott den Namen »Israel« erhalten, Genesis 32,29). Was meist mit »Kinder Israels« oder »die Israeliten« übersetzt wird, heißt genau genommen »Söhne Israels«. Der Eigenname »Juda« oder »Benjamin« oder »Ephraim« steht zugleich für alle Frauen, Männer und Kinder ihrer Sippe durch die Generationen hin. »Bruder« bezeichnet Söhne desselben Vaters und zugleich alle

Nachfahren eines Sippenältesten auf ein und demselben Weideland. »Die Väter« und ihr jeweiliger Gott sind Identitätszentrum eines Stammes. Später wurde dieses Denkmodell auf die Menschheit übertragen. Adam, Mensch, steht dann für alle Menschen, die von ihm abstammen, und ist doch auch Eigenname. Das führt dann zu Übersetzungen wie »der Mensch und sein Weib« (Genesis 2,25).

Frauen, Töchter, Schwestern, Mütter sind in den meisten Fällen selbstverständlich mitgedacht und werden nur extra genannt, wenn sie aus diesem kollektiven Denken auf die eine oder andere Weise herausfallen oder zum Problem werden.

Zum patriarchalen Denken gehört, daß Fruchtbarkeit eine wichtige und positive Rolle spielt, daß Sexualität aber vom Mann her gedacht wird. Die Wertschätzung der Mutterschaft führt nur in einem sehr eingegrenzten Sinn zur Wertschätzung der Frau. Frauen sind Eigentum ihres Vaters, ihres Mannes oder Schwiegervaters: »Du sollst nicht begehren deines Nächsten Weib, Knecht, Magd, Rind, Esel noch alles, was dein Nächster hat« (Exodus 20,17). Sie zählen in erster Linie als Mütter von Söhnen. Hanna, wegen ihrer Kinderlosigkeit verachtet, wünscht sich nicht etwa ein Kind, sondern einen Sohn. Und ihr Mann Elkana beteuert ihr seine Liebe, indem er sagt: »Bin ich dir nicht mehr wert als zehn Söhne?« (1. Samuel 1) In den jeweils parallel aufgebauten Versen der hebräischen Poesie ist das Pendant zu »Kind« natürlich »Sohn«: »Kann auch ein Weib ihres Kindleins vergessen, daß sie sich nicht erbarme über den Sohn ihres Leibes?« (Jesaja 49,15)

In einer solchen Kultur kann Gott wohl auch mit einer gebärenden Frau (Jesaja 42,14; Hiob 38,28–29) oder einer stillenden Mutter (Jesaja 66,11; Psalm 131,2) verglichen werden. Aber die wesentlichen Gottesbilder und Gottesprädikationen stammen aus dem Erfahrungsbereich des patriarchalisch geordneten Gemeinwesens. Gott ist der Vater der Väter, ein Hirte des Volkes, ein machtvoller Krieger (»Herr der Heerscharen«), ein König über alle Götter und ein Richter über alle Völker. Als ehrfurchtsvolle Umschreibung des offenbarten Gottesnamen JHWH wird das hebräische Wort für »Herr« gewählt. Über die griechische Übersetzung der hebräischen

Bibel wird das Wort »kyrios«, Herr, das zugleich den römischen Kaiser bezeichnete, zum Titel für Gott und für Jesus Christus, Gottes Gesandten und Gesalbten.

Das patriarchalische Denken setzt sich im Neuen Testament in vieler Hinsicht fort. Der Stammbaum Jesu läuft über die »Zeugung«, nicht die Geburt, des jeweils ältesten Sohnes. Jakob zeugte Juda »und seine Brüder«. Rebekka, Lea und Rahel oder Dina sind keiner Erwähnung wert. Aber daß Salmon Boas »mit der Rahab«, einer Prostituierten, zeugte und Boas Obed »mit der Rut«, einer Fremden, und daß Salomo Folge eines Ehebruchs »mit der Frau des Uria« ist (nicht etwa: »mit Batseba«!), das wird gesagt (Matthäus 1,2–6). Bei Matthäus, und auch bei Lukas, wird die Davidssohnschaft Jesu nicht über Maria, sondern über Josef nachgewiesen, der dann als »Mann der Maria« definiert werden muß (Matthäus 1,16).

Obwohl Jesus ein sehr positives und vorurteilsfreies Verhältnis zu Frauen hatte und obwohl es die Grundüberzeugung der Jesusgemeinschaft ist, daß in Christus Frau und Mann so gleichgestellt sind wie Juden und Griechen, Sklaven und Freie (Gal. 3,28), bleiben die Frauen, die Jesus nahestanden, weitgehend unsichtbar und namenlos. Auch das ist zum Teil auf die Androzentrik der Sprache zurückzuführen. Weil der Jüngerkreis eine gemischte Gruppe war, waren die Frauen in dem Wort »Jünger« eingeschlossen, obwohl es das Wort »Jüngerinnen« offenbar gab (Apostelgeschichte 9,36).

Frauen werden vor allem durch die androzentrischen Amtsbezeichnungen der frühen Kirche unsichtbar gemacht. Die spärlichen Nachrichten, die wir haben, zeigen, daß Frauen den Männern durchaus gleichgestellt und oft von herausragender Bedeutung waren. Aber die Bezeichnungen für Leitungsfunktionen sind grammatisch männlich, so daß wir nicht wissen, wann im Einzelfall Frauen mitgemeint waren und wann es sich eventuell um eine nur von Männern ausgeübte Funktion handelt. Immerhin ist Phoebe nach Römer 16,1 ebenso »diakonos« (Diener) wie Paulus und Timotheus (Philipper 1,1); das Ehepaar Priska und Aquila sind nach Römer 16,3 ebenso »synergoi« (Mitarbeiter) wie Markus und Lukas (Philemon 24); Junia und Andronikos sind nach Römer 16,7 ebenso

»apostoloi« (Apostel) wie Paulus (Römer 1,1) und Petrus (1. Petrus 1,1).

Frühe Ausleger schreiben bestimmte frauenfeindliche Interpretationen fest und verstärken so die patriarchatsstabilisierende Wirkung der Texte. Schon in Jesus Sirach, einer jüdischen Schrift aus dem 2. Jahrhundert vor Christus (die als Spätschrift Teil der katholischen Bibel und Anhang der Lutherbibel ist), wird Eva die alleinige Schuld für den Eintritt von Sünde und Tod in die Welt gegeben (25,24), und diese Auslegung wird dann im Neuen Testament verstärkt aufgenommen: »Adam wurde nicht verführt, die Frau aber hat sich zur Übertretung verführen lassen« – und das kann sie nur durch Kinderkriegen wiedergutmachen (1. Timotheus 2,14).

Frühe Abschreiber und Übersetzer tragen ihre männliche Sicht in die biblischen Texte hinein. Eine Handschrift aus dem 5./6. Jahrhundert fügt in den Satz aus der Himmelfahrtsgeschichte: »Sie waren stets beieinander im Gebet samt den Frauen und Maria, der Mutter Jesu, und seinen Brüdern« »samt den Frauen *und Kindern*« ein, wodurch »die Frauen« zu Ehefrauen und Müttern ohne eigene Funktion für die Gemeinde gemacht werden (Apostelgeschichte 1,14)[5]. Seit dem 12. Jahrhundert ist aus der Apostelin Junia in Römer 16,7 ein Apostel »Junias« geworden (die an dieser Stelle gebrauchte Form »Junian« gilt dann nicht als der Akkusativ des Frauennamens Junia, sondern als Kurzform des Männernamen Junianus), und bis heute sprechen die Lutherbibel, die Zürcher, die Einheitsübersetzung und die Gute Nachricht von »Junias«.

Auf Wörterbücher können sich Frauen ebensowenig verlassen. Für den »Bauer«, wichtiges deutsches Wörterbuch für das neutestamentliche Griechisch[6], ist »Junias« »ein zum Christentum bekehrter Jude«. Der »Bauer« räumt ein, daß diese Kurzform »sonst nicht bezeugt ist«, befindet aber: »Die, rein lexikalisch genommen, bestehende Möglichkeit, daß es sich um den Frauennamen ›Junia‹ handle ... ist durch den Zusammenhang wohl ausgeschlossen«. (751) Und für »diakonos« bietet der »Bauer« geschlechtsspezifisch unterschiedliche Übersetzungen. Ein Mann ist »Diakon im Sinne des kirchlichen Amtes«, eine Frau aber nicht etwa »Diakonin im Sinne des kirchlichen Amtes«, sondern »Diakonisse« (366f).

Frauen ist außerdem aufgefallen, daß das Reden von Gott in männlicher Begrifflichkeit in der Kirche in einem Maße überhandnimmt, der vom biblischen Sprachgebrauch nicht gedeckt ist. »Herr« ist bei weitem die beliebteste Gottesprädikation, die den Christinnen und Christen ohne Rücksicht auf den besonderen Gehalt dieses Titels fast automatisch von den Lippen kommen. Im Sonntagsgottesdienst (Agende I) kommt »Herr« doppelt so oft vor (77mal) wie alle anderen Wörter für Gott zusammengenommen (38) und dreimal so oft wie »Jesus Christus« (26). In den Paulusbriefen dagegen wird 390mal »Jesus Christus« genannt, 118mal »Gott« und nur 57mal »Herr«, und dann nicht formelhaft, sondern in einer ganz bestimmten, auch politisch relevanten Bedeutung. Paulus benutzt die Begriffe »Richter« und »Herrscher« gar nicht für Gott, und den Begriff »König« nur zweimal. Im Vordergrund steht nicht Gottes Wesen, sondern Gottes Handeln in Gnade und Barmherzigkeit (rund 90mal). Die Begriffe »Richter«, »Herrscher«, »Allmächtiger« finden sich in den vier Evangelien nicht, und das Wort »Herr« im Wesentlichen nur in Zitaten aus der Hebräischen Bibel.[7]

Wie Frauen die Sprache der Bibel erfahren

Formulierungen wie »Liebe Brüder« oder »der nehme sein Kreuz auf sich«, die sich sprachlich gesehen auf Männer beziehen, wirken auf Frauen nicht in gleichem Maße unmittelbar. Wenn eine Frau bei einer Lesung aus der Bergpredigt hört »Du Heuchler, zieh zuerst den Balken aus deinem Auge«, wird sie wissen, was gemeint ist. Aber wenn sie hört: »Du Heuchlerin, zieh zuerst den Balken aus deinem Auge, danach sieh zu, wie du den Splitter aus dem Auge deines Bruders oder deiner Schwester ziehst« (Matthäus 7,6), wird sie betroffen sein und sich an bestimmte Schwestern und Brüder erinnern, denen sie in letzter Zeit vergleichsweise kleine Splitter ausgezogen hat.

Ich habe in Frauengruppen oft erlebt, wie neu Frauen altbekannte biblische Texte hören, wenn sie in frauengerechter Sprache dargeboten werden. Bei einer Bibelarbeit zu Jesaja 42,1–9, einem der Gottesknechtslieder, habe ich den Text zunächst in der vertrauten Lutherübersetzung vorgelesen und Frauen gefragt, welche Bilder ihnen beim Lesen vor Augen gestanden haben. Viele hatten ihr Bild vom leidenden Gottesknecht, der nicht schreit und ruft auf den Straßen, ein Bild, das sie gefühlsmäßig beschreiben konnten und das ihnen Halt gab. Andere hatten sich bei diesem Text immer den glimmenden Docht vorgestellt und sich irgendwie damit identifiziert. Viele stellten sich die Freude der befreiten Gefangenen vor oder die Menschen, die plötzlich sehen konnten; hier fühlten sie sich angesprochen.

In einer kurzen Auslegung zeigte ich dann, wie der »Gottesknecht« zu verschiedenen Zeiten verstanden worden ist. Jesaja dachte vermutlich an den Perserkönig Cyros, der Israel befreien würde. Spätere Generationen deuteten den Gottesknecht als den kommenden Messias oder als das ganze Volk Israel, das durch sein Leiden den Völkern Gerechtigkeit bringen würde. Lukas erzählt, daß Jesus von Nazareth sich in der Synagoge mit diesem Text selbst vorstellt (Lukas 4,14–20). Und seit Ostern ist es die Kirche, sind es christliche Frauen und Männer, die in diesen Auftrag eintreten und den Gefangenen Befreiung und den Blinden das Augenlicht bringen. Dann habe ich den Text noch einmal in veränderter Form vorgelesen: »Siehe, das ist meine Beauftragte – ich halte sie – und meine Auserwählte, an der meine Seele Wohlgefallen hat. Ich habe ihr meinen Geist gegeben; sie wird das Recht unter die Völker bringen.«

Die Reaktionen der Frauen waren überwältigend. Viele haben sich gewehrt, empfanden diese Übertragung wenn nicht als Gotteslästerung, so doch als Angriff auf ihr Jesusbild. Aber andere hatten etwas erlebt, was sie so noch nie erlebt hatten. Sie waren nicht mehr der glimmende Docht, den Jesus nicht auslöschen würde. Sie fühlten sich hineingenommen in seinen Auftrag. »Ich habe mich plötzlich so frei gefühlt.« »Ich habe gedacht: Auf mich kommt es doch an.« »Ich habe an Frauen gedacht, die wegen ihres

Einsatzes für die Gleichberechtigung verspottet werden.« »Ich habe eine große, stolze Frau vor Augen gesehen, die eine Treppe hinabsteigt, und die Völker neigen sich vor ihr.« Andere sagten: »Dieser Auftrag ist mir zu groß, ich kann das nicht und will das nicht.« Und eine schließlich: »Jetzt kann ich mir vorstellen, wie ein Mann die Bibel hört.«

Dieser Satz hat mich lange beschäftigt. Vermutlich können sich Männer tatsächlich mit einem Teil ihres Wesens auch identifizieren, wenn von Gott, dem Herrn, und von Jesus, dem Gottessohn, die Rede ist. Männer wissen, daß sie in dem System von allmächtigem Vater und sündigen Menschen, von Herrn und Knecht, Hirt und Herde teilhaben an der Autorität der Väter und der Macht der Herren. Und sie hören den Satz »Das ist mein geliebter Sohn, an dem ich Wohlgefallen haben« vermutlich anders, betroffener als Frauen, fühlen sich stärker angesprochen von den Gleichnissen, in denen Jesus an die Erfahrungen von Vätern und aufsässigen Söhnen, von Hausherren und Knechten anknüpft.

Frauen können dieser männlichen Symbolik nur entnehmen, daß sie ganz unten und ganz erlösungsbedürftig sind – der glimmende Docht und das geknickte Rohr. Sie haben kaum Identifikationsmöglichkeiten mit Personen, die aktiv für Gottes Gerechtigkeit einstehen. Der Prophet, der Gottesknecht, der Jünger, der Apostel sind als Begriff, als Vorstellung, als Typus männlich, und alle Beteuerungen, daß Frauen zur gleichberechtigten Teilhabe am Leben und Wirken der Kirche befreit sind, bleiben demgegenüber letztlich wirkungslos.

Diese unterschiedlichen Identifikationsmöglichkeiten haben sicher ihre guten und ihre schlechten Seiten, für Fauen und für Männer. Frauen haben vielleicht einen leichteren Zugang zu manchen Aussagen des Glaubens, die Männern eher verstellt sein können. Männer müssen sich an diesem Gott, diesem Vater und Herrn, und an seinen Dienern wohl auch messen lassen und fühlen sich vielleicht überfordert, weil so vieles an ihnen hängt. Sie können sich aber mit Gott und zum Beispiel Petrus ganz anders auseinandersetzen und daran wachsen. Sie müssen sich von Gott viel unmittelbarer in die Verantwortung gerufen wissen. Frauen können sich in Gott geborgen fühlen, wenn sie ein positives Vaterbild haben. Aber sie bleiben Kind, abhängig, passiv.

Bibelübersetzung und die »Hermeneutik des Verdachts«

»Aber so steht es nun mal in der Bibel!« »Wir können die Bibel doch nicht ändern, dürfen doch nicht die Denkmuster und Wünsche heutiger Frauen in sie hineintragen und das rausstreichen, was uns nicht paßt!« »Die Bibel ist ein historisches Dokument; sie ist die Urkunde des Glaubens der Kirche, ihr vorgeordnet und deshalb unverfügbar.« »Die biblischen Texte Menschen von heute nahezubringen, ist Sache der Auslegung, der Predigt; allenfalls kann in einer Vorbemerkung vor der Lesung daran erinnert werden, daß nach heutigem Verständnis Frauen natürlich mitgemeint sind. Aber den Text verändern – nein, die Bibel muß wortgetreu übersetzt und vorgelesen werden.« – Solche oder ähnliche Argumente werden der Forderung nach einer frauengerechten Übersetzung der Bibel oft entgegengehalten. Dabei werden vor allem drei Tatsachen übersehen:

Erstens ist das historische Dokument, das der Kirche vorgegeben ist, der hebräische bzw. griechische Urtext. Viele Menschen, die die Bibel unverfälscht haben wollen, verstehen darunter aber, ohne sich das klarzumachen, die Textgestalt der Bibel, mit der sie aufgewachsen sind. Und das ist eine Übersetzung, meist die Lutherübersetzung in ihrer jeweils vorletzten Fassung. Die Lutherbibel ist für viele zum Heiligen Text geworden.

Jede Übersetzung ist jedoch gebunden an die Sprache und die Kultur ihrer Zeit. Wörter verändern ihre Bedeutung oder werden unverständlich, Sprachgewohnheiten und Denkvoraussetzungen wandeln sich. Deshalb werden die alten Übersetzungen in regelmäßigen Abständen revidiert, erscheinen neue Übersetzungen, die Menschen ohne kirchliche Sprach-Sozialisation ansprechen wollen. In der Lutherbibel, die meine Mutter zur Konfirmation bekommen hat, heißt es in Jesaja 44,3: »Ich will meinen Geist auf deinen Samen gießen.« In meiner revidierten Lutherbibel heißt der Satz: »Ich will meinen Geist auf deine Kinder gießen.« Was Luther mit »eine Frau hatte den Blutfluß« übersetzt, heißt in der Guten Nachricht »eine Frau, die an schweren Blutungen litt« (Lukas 8,43).

Zweitens gibt es keine wortgetreue Übersetzung. Gerade eine Übersetzung, die »wörtlich« sein will, verfälscht. Bedeutung, Grenzen und emotionaler Gehalt von Wörtern einer anderen Sprache decken sich nie völlig mit den Grenzen unserer Wörter. Ein Blick in ein Wörterbuch beweist, wie oft für ein Wort mehrere deutsche Wörter angegeben werden, die eine verwandte, aber unterschiedlich abgegrenzte Bedeutung (Denotation) und auch unterschiedliche mitschwingende Bedeutungsgehalte (Konnotationen) haben. Welches Wort in einem Satz »wortgetreu« ist, hängt von dem Zusammenhang ab. In die Übersetzung eines Wortes oder einer Aussage geht außerdem ein, welches implizite kulturelle Vorwissen die Menschen der Ausgangssprache mitbrachten und welches Vorwissen die Menschen der Zielsprache heute damit verbinden.

So ist jede Übersetzung ein sehr komplizierter und kreativer Vorgang: unter Wahrung des inhaltlichen und des emotionalen Gehaltes einer Aussage bei den Leserinnen und Lesern der Zielsprache die Wirkung zu erzielen, den dieser Satz in der Ausgangssprache hatte. Luther hat das griechische Wort »metanoia«, das etwa »Sinnwandel« bedeutet, mit »Buße tun« wiedergegeben. Die Gute Nachricht übersetzt »Ändert euer Leben« (Markus 1,15).

Und schließlich: Nach evangelischem Verständnis sollen biblische Texte Menschen so unmittelbar wie möglich ansprechen und nicht erst durch Predigt und Auslegung verständlich werden. Die Bibel muß allein oder in Gruppen gelesen werden können und dort Glauben wecken und eine eigene Glaubensexistenz ermöglichen. Im Gottesdienst ist die Textlesung Verkündigung, lebendiges Wort Gottes, das zu Frauen und Männern und Kindern sprechen will und das sie nicht erst für sich übersetzen müssen. In den Friedensgottesdiensten des Jahres 1989 in der DDR haben Menschen erfahren, wie unmittelbar vorgelesene Bibeltexte ergreifen und ermutigen können. Welch eine Herausforderung an die Übersetzung, diesem Wirken der biblischen Texte möglichst wenig im Wege zu stehen! – Wie weit kann eine Übersetzung, die die Bibel Frauen ebenso nahebringen will wie Männern, wissenschaftlich vertretbar gehen? Feministische Hermeneutik (Bibelinterpretation) unterscheidet zwischen den patriarchalen Inhalten und der androzentrischen Perspektive und Sprachgestalt biblischer Texte. Die patriarchalen, frauenfeindlichen Inhalte sind unablösbarer Teil der jüdisch-christlichen Überlieferung und müssen unverändert stehen bleiben (solche Texte dürfen dann allerdings nicht in gottesdienstlichen Lesungen verwendet werden); androzentrische Formulierungen dagegen, die Frauen nur ausblenden, aber nicht notwendig ausschließen, müssen frauengerecht übersetzt werden.

Feministische Hermeneutik hat ferner den begründeten Verdacht, daß der Beitrag von Frauen zur Heilsgeschichte durch patriarchale »Korrekturen« unterdrückt und durch eine androzentrische Sichtweise entstellt worden ist. Umgekehrt besagt diese »Hermeneutik des Verdachts«[8], daß die Anwesenheit von Frauen immer dann vorausgesetzt werden muß, wenn das von der Textgrundlage oder den kulturellen Voraussetzungen her nicht eindeutig ausgeschlossen ist. Und wenn es im Urtext zu einer Stelle zwei verschiedene Lesarten gibt, ist die weniger patriarchale als die wahrscheinlichere anzusehen, weil eine frauenfreundliche Version eher durch eine frauenfeindliche unterdrückt wird als umgekehrt.

Auch wenn Frauen biblische Texte auf diese Weise feministisch gegen den Strich lesen, können sie die Bibel nicht entpatriarchalisieren. Hanna kann sich auch in einer frauengerechten Übersetzung keine Tochter oder allgemein ein Kind wünschen, sondern nur einen Sohn. Missionare erzählen die Geschichte von dem afrikanischen Stamm, in dessen Sprache das Wort für »Gott/höchstes Wesen« grammatisch weiblich war. Sie benutzten dieses Wort in ihren Predigten und in der ersten Übersetzung der Bibel in diese Sprache. Als die Menschen anfingen, selbst in ihrer neuen Bibel zu lesen, wurden sie zornig. »Das stimmt alles nicht. Sie würde die Söhne ihres Stammes nie so vorziehen!« In der zweiten Auflage war das Wort für Gott wieder männlich.

Feministinnen wollen keine vom Patriarchalismus gereinigte Bibel. Sie wollen verstehen, wie es zu ihrer minderen Position in Religion und Kirche gekommen ist und sich dagegen wehren. Sie wollen die patriarchale Tradition in ihrer ganzen Frauenfeindlichkeit erkennen und sich daraus lösen. Frauen wollen aber auch entdecken, an welchen Stellen die Bibel die Anwesenheit und die religiöse Bedeutung von Frauen ans Licht hebt oder durch die vielfältigen Textredaktionen noch durchscheinen läßt, und daraus Kraft schöpfen. Und sie wollen, daß der Beitrag von Frauen in den heutigen Übersetzungen sichtbar gemacht wird, woimmer eine androzentrische Sichtweise sie vernachlässigt und eine androzentrische Sprache sie verschweigt. Sie wollen hören und lesen, daß es Prophetinnen und Jüngerinnen, Gemeindeleiterinnen und Apostelinnen gab.

Auf dem Weg zu einer frauengerechten Bibelübersetzung

Was Frauen brauchen, sind neue Übersetzungen, die die Erkenntnisse feministischer Theologie in die Praxis umsetzen. Es gibt im deutschen Sprachraum hinreichend Exegetinnen und Sprachwissenschaftlerinnen, die das leisten könnten. Eine solche Neuübersetzung, die versuchen müßte, hinter die Textgeschichte und hinter die Wörterbücher zurückzugehen, wäre freilich ein sehr umfangreiches Unternehmen und ohne die Unterstützung der Kirchen kaum denkbar. Die aber pochen auf die verbindende Tradition der Lutherübersetzung oder die endlich vorliegende Einheitsübersetzung und halten sich zurück.

Leider ziehen Exegetinnen aus ihren Arbeitsergebnissen selten konkrete Folgerungen für die Übersetzung der von ihnen untersuchten Texte. Eine Ausnahme ist die Neutestamentlerin Luise Schottroff. Sie hat zum Beispiel herausgearbeitet, daß der griechische Begriff, der in unseren Bibeln meist mit »Geduld« übersetzt wird, aus der Zeit der Verfolgung stammt und besser mit »Widerstandskraft« im Sinne eines Lebens gegen die Anpassung zu übersetzen ist. Das ist ihr wichtig, da die christliche Tugend der »Geduld«

immer wieder Frauen angeraten wird, um sie fügsam und passiv zu halten[9].

Solange eine frauengerechte Bibelübersetzung nicht zur Verfügung steht, müssen Frauen die Texte, mit denen sie arbeiten wollen, selbst übersetzen oder umformulieren. Oft genügen kleine Veränderungen. Zu den »Brüdern« die »Schwestern« hinzuzufügen oder »Geschwister« zu sagen (bzw. je nach Stilebene »Gemeindeglieder«), ist heute vielfach gängige Praxis. Tatsächlich wird nirgends bestritten, daß Paulus oder Johannes die Schwestern in bekannter androzentrischer Manier mitmeinten, aber nicht mitnannten. Im Griechischen unterschieden sich die entsprechenden Wörter nur in der Endung (adelphoi/adelphai) und klangen vermutlich auch fast gleich. Selbst der »Bauer« stellt fest: »Der Plural kann auch Geschwister verschiedenen Geschlechts bedeuten« (33).

Sehr viel mehr Widerstand wird wach, wenn bei hochgeschätzten, scheinbar den Männern vorbehaltenen Personenbezeichnungen und Leitungsfunktionen die weibliche Form ergänzt wird. Ich sage »Jüngerinnen und Jünger«, außer wenn ausdrücklich von den zwölf männlichen Jüngern die Rede ist. Und dann bezeichne ich sie, ebenso wie der Urtext, als »die Zwölf« und nicht als »die zwölf Jünger«, denn letzteres erweckt den Eindruck, es hätte nur zwölf gegeben und die seien eben männlich gewesen. Hilfreich ist die Feststellung, daß im griechischen Text viel seltener »die Jünger« steht als in manchen Übersetzungen. Oft heißt es nur »die mit ihm« (z.B. Markus 1,36; 3,20; 5,40) oder »sie«. Das ermutigt mich, meinerseits geschlechtsneutrale Bezeichnungen und Umschreibungen für die Frauen und Männer um Jesus zu suchen.

Freilich dürfen wir nicht in jedem Fall automatisch weibliche Formen zu den männlichen ergänzen. Wer von »Arbeiterinnen und Arbeitern im Weinberg« redet, verschleiert, daß Frauen zu Zeiten struktureller Arbeitslosigkeit nicht einmal für ein paar Stunden Lohnarbeit finden können[10]. Leider wissen wir noch viel zu wenig, was Frauen damals alles taten oder nicht tun durften. Weil sich die männlichen Wissenschaftler nicht dafür interessierten, sind solche Fragen bisher nicht untersucht worden. Stimmt die Übersetzung

»Wo ein Testament ist, da muß der Tod dessen geschehen sein, der das Testament gemacht hat« (Hebräer 9,16), oder konnte eine Frau ein Testament machen? Die sozialgeschichtliche Exegese, die die biblischen Texte vor ihrem sozialen Hintergrund untersucht, ist deshalb ein wichtiges Instrument feministischer Theologie und Übersetzungspraxis.

Ein für Frauen besonders unerfreuliches Kapitel sind die allgemeingültig formulierten Weisungen des Neuen Testaments nach dem Schema »wer-der«, »wenn einer« oder »jeder«. Oft zeigt ein Übersetzungsvergleich, daß es auch ohne die männlichen Formen geht, oder sogar, daß im griechischen Text eine ganz andere Konstruktion vorliegt. In Römer 12,6–8, wo Paulus von den vielen Gaben in dem einen Leib spricht, übersetzt Luther alle sieben Aussagen nach dem Schema »Ist jemand ein Amt gegeben, so diene *er*«. Die Gute Nachricht bietet zunächst vier unterschiedliche männlich formulierte Konstruktionen: »*der* eine«, »*der* andere, »*ein* anderer«, »*jeder*«, und dann, in Übereinstimmung mit dem griechischen Text, drei geschlechtsneutrale »wer«-Konstruktionen ohne nachfolgendes »der«. Und die Zürcher – hält sich auch bei den ersten vier Aussagen an den knapp und geschlechtsneutral formulierten griechischen Text (und ergänzt ihn sinngemäß): »Sei es die (Gabe der) Lehre, so (werde sie gebraucht) in der Lehre« und schließt dann mit drei Aussagen in der Form »Wer die Leitung ausübt, (tue es) mit Eifer.«

Neuere Übersetzungen, die sich um eine den heutigen Menschen verständliche, der Umgangssprache angenäherte Übersetzung bemühen, zeigen oft eine besonders ausgeprägte Androzentrik. So bietet die Gute Nachricht im Markusevangelium 29mal »Mann« zusätzlich zum Text oder anstelle von »Mensch« und das Lukasevangelium sogar insgesamt 58mal. Ärgerlich ist das zum Beispiel, wenn »die 72« als reine Männergruppe definiert werden: »Danach bestimmte der Herr weitere 72 *Männer* und sandte sie aus ... Die 72 *Männer* kamen zurück und berichteten voller Freude« (Lukas 10,1 und 17). Theologisch problematisch ist es, wenn Jesus ohne Anhalt am Urtext betont als Mann bezeichnet wird, so z.B. in Lukas 23 insgesamt 6mal (»Ich sehe keinen Grund, diesen *Mann* zu verurteilen«). Das Paar auf dem Weg nach Emmaus hatte »gehofft, er werde der *Mann* sein, der Israel befreit« (Lukas 24,21), und der römische Hauptmann ruft unter dem Kreuz aus »Dieser *Mann* war wirklich Gottes Sohn« (Markus 15,39). Und besonders mißglückt ist wohl die Übersetzung: »Es gibt dort das Volk der Anakiter, lauter bärenstarke Männer.« (Deuteron. 9,2)

Typisch sind androzentrische Fehlübersetzungen im Bereich des Sexuellen, vor allem bezogen auf Gott. Die jüdisch-christliche Tradition vermeidet geschlechtsbezogene Aussagen für Gott nicht grundsätzlich. Zurückgedrängt werden im Rahmen des patriarchalen Denkens nur Anklänge an die weibliche Geschlechtlichkeit. Diese Tendenz kann in der Übersetzung dadurch verstärkt werden, daß es im Griechischen ein Wort gibt, das je nach Kontext mit »zeugen« oder »gebären« wiedergegeben werden muß.

So heißt es in 1. Johannes 5,1 wörtlich (und grammatisch-androzentrisch) übersetzt: »Wer glaubt, daß Jesus der Christus ist, ist aus Gott geboren, und wer den liebt, der geboren hat, liebt den, der aus ihm geboren ist.« (Daß es hier um »gebären« und nicht um »zeugen« geht, zeigt die Präposition »aus«, vgl. Johannes 3,4 ff). Eine gute umgangssprachliche Übersetzung dieser Aufforderung zur Nächstenliebe scheint mir: »...und wer die Mutter wirklich liebt, liebt auch das Kind, das sie geboren hat.« Da nun aber von Gott die Rede ist, vermeiden z. B. die Gute Nachricht und die Einheitsübersetzung das Verb »gebären«, – um dann »Vater« einfügen zu können! Der Vers lautet dann: »Wer glaubt ... der ist ein Kind Gottes. Wer nun den Vater liebt, der liebt auch dessen Kind« bzw. »Jeder, der glaubt liebt auch den, der von ihm stammt«. Die Zürcher übersetzt den ganzen Gedankengang zwar ohne Einfügung des Wortes »Vater«, aber dafür gleich mit »der ist aus (!) Gott gezeugt«!

Ein letztes Beispiel: Die Aussage aus dem Glaubensbekenntnis »empfangen durch den Heiligen Geist«, die Gottes Geist in Analogie zu einem biologisch »zeugenden« Vater erscheinen läßt, stützt sich in der Bibel auf Lukas 1,35. Dort übersetzt die Zürcher: »Der Heilige Geist wird über dich kommen, und die Kraft des Höchsten wird dich überschatten; daher wird auch das Heilige, das *gezeugt* wird, Gottes Sohn genannt.« Luther dagegen übersetzt »Das Heilige, das *geboren* wird« und hält so fest, daß Gottes Geist bzw. Gottes Kraft schöpferisch neues Leben hervorbringt und nicht nur sozusagen den menschlichen Vater ersetzt[11].

Die vom Wortbestand her mögliche Entscheidung, »gezeugt« zu übersetzen, zieht eine wichtige theologische Akzentverschiebung nach sich. Sie bewirkt ein männliches Verständnis von Gottes Geist und der göttlichen Trinität und verstellt andere, das Gottesbild entgrenzende und Frauenerfahrung aufwertende Zugänge. Wir glauben, daß es nötig ist, Bibelübersetzungen auf solche Akzentverschiebungen zu überprüfen und nach neuen sprachlichen Lösungen für wesentliche christliche Glaubensinhalte zu suchen.

Konsistente sprachliche Lösungen, die die androzentrische Verengung der biblischen Tradition aufheben, werden in einer Übersetzung der ganzen Bibel nur bis zu einem gewissen Grade möglich sein. Wir wünschen uns Arbeits- und Studienbibeln, die in Anmerkungen und Anhängen Informationen zur Rolle der Frau in biblischer Zeit und zu den Problemen der Überlieferung und der Übersetzung einzelner Aussagen enthalten. Dann können Leserinnen und Leser entdecken, daß patriarchale Aussagen aus der Zeit ihrer Entstehung zu verstehen sind und daß es die Begrenztheit unserer Sprache ist, die uns zwingt, das Personsein Gottes entweder weiblich oder männlich auszudrücken.

Als nächsten Schritt aber brauchen wir *ein Lektionar in gerechter Sprache*, eine Zusammenstellung neu übersetzter biblischer Texte für die Lesung im Gottesdienst, die Frauen und Männer gleichermaßen ansprechen und auf die Pfarrerinnen und Pfarrer, Lektoren und Lektorinnen bei der Gottesdienstvorbereitung zurückgreifen können.

Anmerkungen

1. An Inclusive Language Lectionary: Readings for Year A (1983), Year B (1984), Year C (1985), Division of Education and Ministry, National Council of Churches of Christ in the USA, Westminster Press, Philadelphia.

2. Vgl. *Hanne Köhler und Hildburg Wegener:* Gerechte Sprache in Gottesdienst und Kirche. Mit Bibeltexten zum Frankfurter Kirchentag in frauengerechter Sprache, Evangelische Frauenarbeit in Deutschland, Frankfurt 1987; teilweiser Nachdruck: Hanne Köhler, Frauengerechte Sprache ist menschengerechte Sprache, in Theologia Practica 2/1987, S. 151–161; – Schwestern sind keine Brüder. Eine Diskussion über frauengerechte Sprache in Bibel und Kirche, epd-Dokumentation 46/89, S. 1–18; – Die Bibeltexte in frauengerechter Sprache für den Berliner Kirchentag 1989, abgedruckt ebenda S. 18–21, sowie im Programmheft des Kirchentags 1989, S. 14f, 18f, 135; – Stellungnahme zum Vorentwurf für ein evangelisches Gesangbuch, epd-Dokumentation 46/89, S. 22–25.

3. Wo nicht anders vermerkt, zitiere ich nach der Revidierten Lutherübersetzung, 1984.

4. *Kenneth J. Thomas:* Who was the companion of Cleopas going to Emmaus? Unveröffentlichtes Manuskript.

5. *Klaus Thraede:* Ärger mit der Freiheit. Die Bedeutung von Frauen in Theorie und Praxis der alten Kirche, in: Gerta Scharffenorth und Klaus Thraede, Freunde in Christus werden. Die Beziehung von Mann und Frau als Frage an Theologie und Kirche, Kennzeichen Band 1, Gelnhausen Berlin 1977, S. 31–182; 113.

6. *Walter Bauer:* Wörterbuch zum Neuen Testament, 5. Auflage 1963.

7. *Gerhildt Calies und Heide Emse:* Thesen zu Sprache und Identität, in: FRAUEN – FORMEN – SPRACHE, Erwachsenenbildung konkret Nr. 20, Frauenwerk der Nordelbischen ev.-luth. Kirche, Neumünster 1987, S. 13–80; 64ff.

8. *Elisabeth Schüssler-Fiorenza:* Brot statt Steine. Die Herausforderung einer feministischen Interpretation der Bibel, Freiburg/Schweiz 1988, S. 50–53.

9. *Luise Schottroff:* Die befreite Eva. Schuld und Macht der Mächtigen und Ohnmächtigen nach dem Neuen Testament, in: Christine Schaumberger und Luise Schottroff, Schuld und Macht. Studien zu einer feministischen Befreiungstheologie, München 1988, S. 15–151; 103–110.

10. *Luise Schottroff:* Matthäus 20,1–16. Die letzten werden die Ersten sein, in: Feministisch gelesen Band 1. 32 ausgewählte Bibeltexte für Gruppen, Gemeinden und Gottesdienste, hg. von Eva Renate Schmidt, Mieke Korenhof und Renate Jost, Stuttgart 1988, S. 163–169; 163 f.

11. *Luise Schottroff:* 4. Advent – Lukas 1,26–33, Göttinger Predigtmeditationen 41, 1986/87, S. 24–30.

Hanne Köhler

Wie Gottesdienst lebendig wird

Gerechte Sprache in der Gemeinde einüben

Wir sind nicht sprachlos.
Aber sie machen uns zu Sprachlosen,
wenn sie uns einreden,
daß alles Form und System haben muß.
Wenn sie uns zum Schweigen bringen
mit ihren Kategorien »klug« und »unbegabt«.
Wenn sie uns fest-legen auf ihre Dogmen.

Ohne Sprache keine Macht
Männersprache Männermacht
Männerdogmen Männergott

Und wir: sprachlos – ohn-mächtig
zum Schweigen gebracht,
weil ihre Irrtümer uns fest-legten.
Jetzt aber reden wir,
was wir fühlen und weil wir spüren
Leben in uns.
Ewig sich bewegendes Sein und Werden.

Barbara Vollmer-Backhaus

Worum es mir geht

Wie andere Frauen und Männer in unserer Kirche bemühe ich mich um eine gerechte Sprache im Gottesdienst und investiere viel Arbeit, nicht nur in die Predigt, sondern ebenso in die Formulierung von liturgischen Texten, Gebeten und überleitenden Sätzen. Ich möchte auch im Gottesdienst so reden, wie es mir im Alltag entspricht. Wenn ich Verantwortung für einen Gottesdienst trage und nicht Gebetssammlungen mit verstaubten lebensfremden Formeln benutzen will, dann bleibt mir das Nachdenken und Feilen an Formulierungen nicht erspart.

Bei mir hat alles damit angefangen, daß ich Gebete so verändert habe, daß Frauen darin genauso benannt werden wie Männer. Zunächst habe ich nur wenige Formulierungen verändert. Das Ergebnis klang nicht überzeugend. Kein Wunder, alte Formeln gewinnen nicht an Leben und Schönheit, wenn ich Schwestern vor den Brüdern ergänze. Ich begann, genauer zu überlegen, was ich bete und was ich der Gemeinde zumute mitzubeten. Meine Formulierungsversuche waren getragen von der Überzeugung, daß es mir möglich sein müßte, mich im Gottesdienst und besonders in den Gebeten verständlich auszudrücken, ohne durch eine traditionelle Kirchensprache Frauen, Kinder und Männer abzuschrecken.

In meiner theologischen Ausbildung habe ich gelernt, daß für Paulus eins der Kriterien für gottesdienstliche Sprache ist, ob Außenstehende verstehen können, was geredet wird (1. Kor. 14,1–25). Heute werden in Gottesdiensten Worte benutzt, die für viele längst zu leeren Worthülsen geworden sind und die selbst Eingeweihte nur noch mit Mühe erläutern können. Die Treue zur kirchlichen Tradition wird wichtiger genommen als die Nähe zum Leben der in der Kirche Versammelten.

Sicher sind einige (aber zählen wir ruhig ehrlich nach, wie viele das wirklich sind) so an die traditionelle Sprache gewöhnt, daß sie diese nicht mehr missen möchten. Mir ist bewußt, wie wichtig es für die GottesdienstteilnehmerInnen sein kann, den vertrauten Ablauf und den gewohnten Wortlaut während des Gottesdienstes wiederzuerkennen. Darum bemühe ich mich, die Struktur des Gottesdienstes erkennbar beizubehalten, sprachliche Änderungen behutsam einzuführen und durch häufige Wiederholungen neue Traditionsbildung zu ermöglichen. Das berechtigte Interesse, sich im eigenen Gemeindegottesdienst zu Hause zu fühlen, soll nicht verhindern, daß in diesem Gottesdienst Frauen genauso wie Männer, Kinder genauso wie SeniorInnen, Schwarze genauso wie Weiße, Fremde genauso wie Einheimische angesprochen werden und vorkommen.

Damit die Schere zwischen Gottesdienst und alltäglichem Leben nicht noch weiter auseinanderklafft und die Sonntagsgottesdienste lebendiger und einladender werden, ist Arbeit an liturgischen Stükken nötig. Dazu ist ein Austausch von Gottesdienstentwürfen wichtig. In diesem Sinn will ich von meinen Versuchen erzählen und Beispiele nennen, nicht weil ich sie für vorbildlich halte, sondern weil ich hoffe, daß andere durch sie zu eigenen Versuchen angeregt werden. Einige kritische Stellen in manchen Gebeten nehme ich heute selbst wahr. Ich habe diese bewußt nicht verbessert, denn ich hoffe, daß gerade Unvollkommenes zu eigenen Formulierungen lockt.

Was ich zu ändern versuche

Frauen und Männer, Mädchen und Jungen werden von mir im Gottesdienst gleichberechtigt genannt und ausdrücklich angesprochen. Solange in der Gesellschaft die Sprache in der Reihenfolge (Mann und Frau, Adam und Eva etc.) patriarchale Herrschaftsverhältnisse widerspiegelt, bemühe ich mich, die Frauen und Mädchen vor den Männern und Jungen zu nennen. Diese ausdrückliche Benennung wird besonders deutlich in der Predigt und in anderen nicht liturgisch gebundenen Teilen des Gottesdienstes. In Gebeten ziehe ich bisher in der Mehrzahl der Fälle geschlechtsneutrale Formulierungen vor. Keinesfalls mute ich Frauen zu, sich mit grammatikalisch männlichen Ausdrücken und Satzkonstruktionen mitgemeint zu fühlen. Im Gottesdienst sollen Mädchen und Frauen unmittelbar angesprochen werden. Wenn sie gezwungen sind, männliche Begriffe gegebenenfalls auf sich zu beziehen, schafft diese ständige Übersetzungsarbeit emotionale Distanz.

Statt Gott traditionell und eintönig mit Herr und Vater anzureden, verwende ich eine Vielzahl von Bildern für Gott, sowohl aus dem Bereich der Natur (z. B. Quelle) als auch aus dem Leben von Frauen und Männern (z. B. Freundin, Freund). Oft erübrigen sich traditionelle Umschreibungen Gottes durch die direkte Anrede

»Du«. Für das Verständnis vieler Gebete hilfreich ist nach meiner Erfahrung der Verzicht auf Relativsätze (Gott, die/der Du für uns ...), die im Deutschen Gott immer auf ein Geschlecht festlegen.

»Der« Geist Gottes (im Hebräischen femininum, im Griechischen neutrum) läßt sich allein durch Weglassen des Artikels von den maskulinen Anklängen im Deutschen befreien. Wirksamer sind allerdings grammatikalische Strukturen, die als Fortsetzung weibliche Relativpronomen ermöglichen, z. B. »die Kraft, die in Gottes Geist ihren Ursprung hat« oder »Gottes Geist stärkt Gerechtigkeit und Liebe unter uns, die ...«.

Neben der sprachlichen Form versuche ich, inhaltlich darauf zu achten, daß die Lebenswirklichkeit von Frauen und Männern, von Mädchen und Jungen, im Gottesdienst vorkommt. Zu oft sind Liturgieentwürfe und Predigtbeispiele nur aus männlicher Sicht geschrieben. Frauen und Mädchen müssen jeweils mühsam übertragen, was damit in ihrem Leben angesprochen sein könnte, obwohl sie die Mehrheit der GottesdienstteilnehmerInnen sind. Seit ich die Gebete aufgrund dieser Defizite selbst formuliere oder umformuliere, achte ich zudem eher darauf, daß die Inhalte die heutige Lebenswirklichkeit im Stadtteil und in der Kirchengemeinde aufnehmen. Die Verhältnisse, in denen wir leben und die unser Denken prägen, haben sich seit Jesu Zeiten geändert und ebenso seit Luther oder seit Formulierung der gottesdienstlichen Agenden nach Ende des Zweiten Weltkrieges. Dies bedeutet, daß ich versuche, heutige Arbeitsbedingungen, das demokratische Staatswesen, unsere allenfalls gebrochenen Erfahrungen mit Natur, das gewandelte Verständnis von Zeit sowie die Vielzahl von Lebensentwürfen neben dem Ideal »Familie« zu berücksichtigen.

Wie ich dies im Gemeindegottesdienst umsetze

Ich folge dem Ablauf des Gottesdiensts, wie er in der Gemeinde der Evangelischen Kirche in Hessen und Nassau, in der ich Pfarrerin bin, üblich ist.

1. Zu Beginn aussprechen, warum wir uns treffen (Votum)

Traditionell beginnen die Gottesdienste »Im Namen des Vaters, des Sohnes und des Heiligen Geistes«. Drei männliche Gottesbilder werden ohne Erklärung vorweg gestellt. Von Anfang an werden nur männliche Bilder und grammatikalisch männliche Ausdrücke für würdig erachtet, um von Gott zu reden. Männer werden durch diese Identifikationsmöglichkeit aufgewertet, aber jede Frau könnte gleich vorgewarnt sein: Achtung, dieser Gottesdienst gefährdet mein Selbstbewußtsein als Frau.

Was mir wichtig ist an den alten Worten, kann ich auch anders und verständlicher sagen. Einige Beispiele:

– *Wir feiern diesen Gottesdienst im Namen Gottes,*
Gott hat uns gemeinsam mit aller Kreatur geschaffen.
Jesus Christus hat in unserer Welt Gottes Liebe gelebt.
Die Kraft, die in Gottes Geist ihren Ursprung hat,
läßt uns immer wieder neue Anfänge wagen. Amen.

– *Wir feiern diesen Gottesdienst im Namen Gottes.*
Denn Gottes Hauch weckt uns zum Leben.
Jesu Mut ist heute noch ansteckend.
Gottes Geist läßt uns aufbrechen
aus den Sachzwängen in Gottes Zukunft. Amen.

– *Wir beginnen diesen Gottesdienst im Namen Gottes.*
Denn so verschieden wir sind,
treffen wir uns heute morgen hier in der Kirche,
weil wir nach Gott fragen.
Wir erinnern uns gemeinsam an das Beispiel,
das Jesus Christus uns gegeben hat.
Und wir vertrauen darauf,
daß Gottes Geist unter uns spürbar ist,
heute und in alle Ewigkeit. Amen.

– *Wir feiern diesen Gottesdienst im Namen Gottes.*
Gott hat uns alle, Frauen, Männer und Kinder, geschaffen.
Jesus zeigt uns, wie wir miteinander leben können.
Daraus schöpfen wir Mut und Freude. Amen.

– *Wir beginnen unseren Abendmahlsgottesdienst heute an Karfreitag im Namen Gottes.*
Gott ist die Quelle des Lebens,
eine Quelle, die kein Tod zum Versiegen bringt.
Jesus von Nazareth hat als Mensch auf dieser Erde gelebt,
von der Geburt in ärmlichen Verhältnissen
bis zum Tod am Kreuz der römischen Besatzungsmacht.
Gottes Geist macht uns Mut,
trotz der Tode, die damals und heute gestorben werden,
die Hoffnung auf das Leben nicht zu verlieren. Amen.

– *Wir beginnen unseren ökumenischen Gottesdienst am 3. Advent im Namen Gottes.*
Gott ist Quelle und Ziel allen Lebens.
Jesus Christus gibt unserer Hoffnung festen Boden.
In der Kraft, die in Gottes Geist ihren Ursprung hat,
können wir aufeinander zugehen
und das Gesicht dieser Welt verändern. Amen.

In all diesen Sätzen versuche ich festzuhalten,
a) daß wir unser Leben nicht uns selbst verdanken (Wo kommen wir her?),
b) daß unser Glaube nicht Spekulation ist, sondern Anhalt hat an Jesus von Nazareth (Worauf stützen wir uns?),
c) daß unser Glaube heute für unser Leben etwas bedeutet und einen Unterschied machen kann (Was heißt das in unserem Leben?).

Der gleichbleibende Aufbau (Gott, Jesus, Gottes Geist) erlaubt der Gemeinde, sich im Ablauf zurechtzufinden und mit »Amen« zu antworten.

2. *Raum lassen für die Beteiligung der Gemeinde (Psalmgebet)*

Eine Möglichkeit der Beteiligung für die im Gottesdienst viel zu oft zum Schweigen gebrachte Gemeinde ist ein im Wechsel gesprochener Eingangspsalm. Die Psalmverse lassen sich durch Einrücken so umsetzen, daß die Gemeinde ihren Einsatz schnell findet. Ich übertrage die Psalmen so, daß sie Gott wirklich anreden, also Gebete werden. Dadurch erübrigen sich viele männliche Gottesbilder und ich kann durch die Auswahl der Verse kriegerische oder frauendiskriminierende Sprache vermeiden. In Psalmgebeten verbinden sich Anklänge an Vertrautes durch geprägte Bilder mit einer Aktivität der versammelten Gemeinde. Glaubensaussagen früherer Zeiten werden aufgenommen in der Hoffnung, daß sie heute noch tragen. Wichtiger als der Wortlaut der gewohnten Bibelübersetzung, in der Regel die Lutherbibel, ist das Geschehen in der versammelten Gemeinde. Dies erfordert evtl. Ergänzungen und Änderungen im überlieferten Wortlaut, damit Frauen, Männer, Mädchen und Jungen mitbeten können.

Beispiel: Psalmgebet nach Psalm 34

Gott, Dich will ich preisen alle Zeit,
Dich will ich loben jeden Tag.
    Über Dich darf sich freuen alles,
    was sich in mir regt.
Und die Elenden sollen es hören,
damit auch sie wieder Freude erfahren.
    Miteinander wollen wir Deine Taten preisen.
Gemeinsam wollen wir Dich, Gott, zur Geltung bringen.
    Denn Du bliebst nicht stumm,
    als ich Dich suchte,
aus allen meinen Ängsten
hast Du mich befreit.
    Die auf Dich sehen,
    werden strahlen vor Freude
und ihr Vertrauen wird nicht enttäuscht.

Dein Engel lagert sich um die her,
die Dich fürchten, und hilft ihnen heraus.
Wie glücklich ist, wer sich auf Dich verläßt, Gott.
Lobsingt Gott, erhebt Gottes Namen!

3. Verstrickt in die Ungerechtigkeit dieser Welt (Kyrie)

Im Gottesdienst stehen nicht die individuellen Sünden einzelner Frauen, Männer und Kinder im Mittelpunkt, sondern wir als Gemeinde erkennen, daß wir verstrickt sind in das Unrecht, das tagtäglich geschieht. Wir sind nicht allein und hauptsächlich schuld, aber wir sind unweigerlich beteiligt und viele (ich eingeschlossen) profitieren von den Unrechtsstrukturen.

Das Kyrie erinnert an die Vergebung Christi. Ziel ist also, daß das ehrliche Aussprechen dessen, was ist und war, ein Ende von Unrecht, Lieblosigkeit und Gewalt ermöglicht. Die GottesdienstteilnehmerInnen sollen nicht gedemütigt, sondern bestärkt werden im täglichen Widerstand gegen Gewaltstrukturen.

Traditionell richtet sich das Kyrie an Christus. Nach der Gottesdienstordnung müßte ich meinen Teil als Liturgin mit »Herr, erbarme Dich« beenden, was ich vermeide. Das undefinierte »Herr«, das in traditioneller Gottesdienstsprache zuweilen Gott, zuweilen Christus meinen, aber auch eine höfliche Anrede für einen Mann darstellen kann, füllt sich erst durch den Kontext mit Inhalt. Ich verzichte auf diesen in jedem Fall männlichen Ausdruck und schließe liturgisch statt dessen mit »Christus, erbarme Dich«. Die Gemeinde antwortet »Herr, erbarme dich, Christe, erbarme dich, Herr, erbarm dich über uns«. Dies kann ich zur Zeit nicht ändern.

Einige Beispiele für Kyriegebete in gerechter Sprache:

– *Wir beten zu Dir,*
  daß Du uns zu neuen Menschen machst.
  Denn wir wissen wohl:
  Es liegt an uns Menschen, nicht an Dir,

daß kein Friede auf Deiner Erde ist.
Wir hören Deine Gebote,
aber es fällt uns schwer, unser Leben zu ändern.
Dazu brauchen wir Deine Hilfe.
Deswegen bitten wir, Christus erbarme Dich.

– *Alles, was wir tun, hinterläßt Spuren.*
Niemand kann sagen,
ich bin anderen nichts schuldig geblieben.
Was in gutem Glauben angefangen wird,
endet oft in Entstellung.
Ach, würde uns doch Deine Kraft
über uns selbst hinauswachsen lassen.
Christus, erbarme Dich.

– *Weil wir wissen, daß wir täglich Fehler machen*
und schuldig werden an anderen Menschen und damit an Gott;
weil wir erfahren, daß in unserer Welt Unrecht herrscht,
dessen Beseitigung uns schwerfällt;
weil wir hoffen, daß Menschen und Welt gerettet werden
können durch unseren Einsatz und mit Gottes Hilfe;
darum bitten wir: Christus erbarme Dich.[1]

– *Weil wir wissen, daß unsere Welt nicht in Ordnung ist*
und weil es uns schwerfällt, diese Welt in Ordnung zu
bringen, bitten wir: Christus erbarme Dich.

Für die Zukunft wünsche ich mir, daß nicht nur die Worte, die ich als Liturgin spreche, sondern auch das, was die Gemeinde antwortet, in gerechter Sprache formuliert sein kann. Die Gemeinde könnte z. B. den auf S. 134 abgedruckten Kyrieruf von Dorle Schönhals-Schlaudt singen. Ich selbst werde weiterarbeiten an Kyriegebeten, die die Situation von Frauen und Männern in ihrer Unterschiedlichkeit aufnehmen. Die Unterdrückung, aber auch die Mittäterschaft der

Frauen erfordert ein anderes Schuldbekenntnis der Frauen als der Männer und führt dazu, daß Befreiung für Frauen anders Gestalt gewinnt als für Männer.

4. *Trotzdem von Gott geliebt und zur Liebe befähigt (Gnadenzuspruch und Gloria)*

Trotz aller Verstrickung, trotz allem, was uns nicht möglich ist und woran wir scheitern, gilt uns Gottes Verheißung. Auch wenn die vermeintlich realistische Einschätzung der Situation Grund liefert für Resignation, haben wir Grund zur Hoffnung. Dies muß gegen die »es hat doch alles keinen Sinn«-Stimmung in jedem Gottesdienst neu gesagt werden, in deutlichen Worten, die alle direkt anreden. Wenn ich zu diesem Zweck Verse aus der Bibel aufgreife, dann ist es meine Aufgabe, diese so zu übertragen und zu ergänzen, daß sie im Moment des Gottesdienstes alle Anwesenden unmißverständlich erreichen können.

Gerade hier werde ich kein männliches Gottesbild verwenden, damit sich Frauen nicht als entfernter von Gott erleben müssen als Männer. Der Gnadenzuspruch muß sich unmittelbar an alle Anwesenden, Frauen und Männer, Mädchen und Jungen, richten. Das macht viele der traditionellen Gnadenzusprüche ohne Umformulierung ungeeignet.

In der noch gültigen Agende der Evangelischen Kirche in Hessen und Nassau von 1968 lautet z. B. ein Gnadenzuspruch für den Sonntag Estomihi:

»Der Herr ist nahe denen, die zerbrochenen Herzens sind, und hilft denen, die ein zerschlagenes Gemüt haben. Der Herr erlöst das Leben seiner Knechte, und alle, die auf ihn trauen, werden frei von Schuld.« (Ps. 34,19.23)[2]

Mag sein, daß sich einer der wenigen anwesenden Männer mit dem altertümlichen Ausdruck Knecht angesprochen fühlt, Frauen identifizieren sich in der Regel damit nicht. Eine modernere Übersetzung könnte dieses Problem nicht lösen, obwohl ich natürlich statt der »zerbrochenen Herzen« und der »zerschlagenen Gemüter«

Worte wählen möchte, die ich auch außerhalb der Kirchenmauern aussprechen würde. Der kirchenamtliche Vorschlag einer Ergänzung in Form einer Anmerkung wie: »Ich mache darauf aufmerksam, daß Gott nicht nur Männer, sondern auch Frauen gemeint hat«, wirkt nicht nur lächerlich, sondern unterbricht das liturgische Geschehen.

Wichtiger als ein korrektes Bibelzitat ist mir, daß ein Gnadenzuspruch im Gottesdienst durch die Formulierung allen Versammelten, Frauen, Kindern und Männern, Hoffnung und Mut machen kann. Dabei bemühe ich mich, vertraute Worte und Bilder aus der Tradition aufzunehmen.

Oft lassen sich Vorschläge aus Liturgieentwürfen leicht in gerechte Sprache umformulieren. Z. B. lautet ein Gnadenwort für Pfingstmontag aus den »Liturgieentwürfen für das Kirchenjahr« der Evangelischen Kirche in Hessen und Nassau:

»Wer sich auf Gott verläßt, der kann wieder neu beginnen.
Die auf den Herrn harren, kriegen neue Kraft,
daß sie auffahren mit Flügeln wie Adler,
daß sie laufen und nicht matt werden,
daß sie wandeln und nicht müde werden.«[3]

Daraus wurde in einem meiner Gottesdienste:

– *Die sich auf Gott verlassen,*
die können wieder neu beginnen.
Gott legt uns nicht auf unser Gestern fest,
sondern schenkt uns neues Leben.
Die auf Gott harren, bekommen neue Kraft,
daß sie auffahren mit Flügeln wie Adler,
daß sie laufen und nicht matt werden,
daß sie wandeln und nicht müde werden.
Ehre sei Gott in der Höhe.

Weitere Beispiele für Gnadenworte in gerechter Sprache:

– *Was wir tun, ist nicht vergeblich,*
und mit unserem Mühen stehen wir nicht allein da.
Denn uns ist versprochen:

»Bittet, so wird euch gegeben.
Suchet, so werdet ihr finden.
Klopfet an, so wird euch aufgetan.«
Ehre sei Gott in der Höhe.

Mit dem Volk Israel lesen wir in Psalm 103:
– *Gott klagt nicht ständig an und trägt nicht ewig nach.*
Gott handelt nicht mit uns nach unseren Sünden
und vergilt uns nicht nach unserer Schuld.
Denn so hoch der Himmel über der Erde ist,
so hoch ist Gottes Gnade über denen, die Gott fürchten.
So fern der Osten vom Westen liegt,
so weit entfernt Gott unsere Schuld von uns.
Ehre sei Gott in der Höhe.

5. *Aus dem vielen, was uns beschäftigt, zur Konzentration (Kollektengebet)*

Die traditionelle Form des Kollektengebets halte ich für besonders anstößig. Sie besteht aus einem einzigen Satz, der nach der Anrufung Gottes für erwiesene Hilfe Gottes in der Vergangenheit dankt, eine kirchenjahresgemäße Bitte äußert, das Ziel dieser Bitte angibt (»auf daß wir ...«) und mit einer geprägten Berufung auf Jesus Christus endet.

Ein Beispiel für den 1. Sonntag nach Weihnachten aus der Agende der Evangelischen Kirche in Hessen und Nassau 1968: »Herr, allmächtiger Gott, der du uns in Jesus Christus dein Heil kundgetan hast, hilf uns, daß wir ihn als unseren Helfer und Erretter erkennen, uns von seinem Wort regieren lassen und dadurch Gutes schaffen zu deiner Ehre. Das bitten wir durch ihn, Jesus Christus, unseren Herrn.«[4]

Ich versuche, die Kollektengebete in Worte zu fassen, die näher an den versammelten Frauen, Männern und Kindern sind. Dabei ist eine Anlehnung an die traditionelle Form durchaus möglich.

– *Gott, vor dir wollen wir zur Ruhe kommen.*
Wir wollen dein Wort hören,
daran die vergangene Woche bedenken
und uns Kraft schenken lassen
für die Woche, die vor uns liegt.
Dies bitten wir durch Jesus Christus.

– *Gott, Quelle und Ziel allen Lebens,*
du hast uns deine Zukunft versprochen.
So laß uns nun zur Ruhe finden,
in der wir dein Wort hören und in uns aufnehmen können.
Dies bitten wir dich durch Jesus Christus.

– *Gott, du kommst in diese Welt und willst sie verändern.*
Wir beten, daß du auch in uns ankommst
und unser Beten und Tun anders werden kann.
Dies bitten wir durch Jesus Christus.

– *Gott, du leidest mit uns an dieser Welt.*
Wir sehnen uns mit dir nach Gerechtigkeit und Frieden,
damit aus Schreien der Verzeiflung und Angst
ein Loblied wachsen kann. Amen.

Bei uns antwortet die Gemeinde auf das Kollektengebet mit einem gesungenen Amen. Anschließend übernimmt eine Kirchenvorsteherin oder ein Kirchenvorsteher die Lesung nach der Übersetzung, die sie bzw. er mitbringt. Nachdem die Mitglieder des Kirchenvorstandes in dieser Aufgabe sicherer geworden sind, werden die Hallelujaverse nach der Lesung vielfältiger. Neben dem üblichen »Selig sind, die Gottes Wort hören und bewahren, Halleluja« wird mittlerweile auch geschlossen mit »Gott, segne du dein Wort an uns. Halleluja«, »Selig sind, die Gottes Wort hören und wie Maria in ihrem Herzen bewegen. Halleluja« und »Gott, dein Wort sei meines Fußes Leuchte und ein Licht auf meinem Weg. Halleluja«.

6. Was verbindlich ist und/oder was uns verbindet (Glaubensbekenntnis)

Wenn ich über meinen Glauben rede, bin ich versucht, überlieferte alte Worte zu wiederholen. Eigene Formulierungen sind verständlicher, machen mich aber angreifbarer. Zunächst sind meine selbstformulierten Glaubensaussagen nur für mich gültig, während bekannte überlieferte Worte von vielen gemeinsam gesprochen werden können. Ein gemeinsam gesprochenes Glaubensbekenntnis verstärkt im Gottesdienst das Gefühl, Teil einer großen, die Grenzen von Ländern und Zeit überschreitenden Gemeinschaft zu sein. Dies sollte allerdings nicht darüber hinwegtäuschen, daß die Einigkeit auch dadurch ermöglicht wird, daß die gleichen traditionellen Worte von den einzelnen je unterschiedlich interpretiert werden.

Oft sind Menschen überrascht, wenn sie hören, daß das sogenannte apostolische Glaubensbekenntnis nicht in der Bibel steht, sondern Jahrhunderte nach Jesu Tod von den damals Mächtigen der Kirche als Kompromißformel zur Abwehr von Irrlehren verabschiedet wurde. Ich würde, wie viele andere, heute meinen Glauben in andere Worte und Bilder fassen. Manche traditionellen Auffassungen sind mir fraglich geworden. Ich kann als Deutsche, nach dem von meinem Volk verschuldeten Holocaust, nicht ungebrochen von Gottes Allmacht reden. Oder: Das Leben Jesu spielt für meinen Glauben eine größere Rolle, als das Bekenntnis mit dem schnellen Schritt von »geboren von …« zu »gelitten unter …« nahelegt. Was ich glaube, bekenne ich wirkungsvoller als durch Wiederholung jahrhundertealter Worte durch die Art, wie ich lebe, wofür ich mich einsetze. Dies gilt für mich als einzelne, aber genauso auch für die Glaubwürdigkeit einer Kirchengemeinde im Stadtteil.

Die alten Worte verbinden uns aber mit den Christinnen und Christen, die sich vor uns bemüht haben, ihren Glauben zu leben, und die sich heute in anderen Kirchen mühen wie wir. Als ein historisches Dokument dieser Zusammengehörigkeit kann ich das apostolische Glaubensbekenntnis im Gottesdienst zitieren und mit einer entsprechenden Einleitung einordnen:

- Wir sind nicht allein mit unserem Glauben, sondern Teil einer weltweiten Gemeinschaft. Wir müssen nicht bei Null anfangen, sondern können zurückblicken auf die Geschichte, die Tradition unseres Glaubens. Ein Zeichen für die Gemeinschaft von Christinnen und Christen über Zeiten und Grenzen hinweg ist das ökumenische Glaubensbekenntnis aus dem 5. Jahrhundert. Wir sprechen dieses Bekenntnis gemeinsam und stehen dazu auf.
- Wir antworten auf die eben gehörte Lesung mit den Worten, auf die sich die Kirche im 5. Jahrhundert geeinigt hat. Wir tun dies in der Hoffnung, daß wir die alten Worte heute in dieser Gemeinde mit Leben füllen werden.
- Wir würden heute sicher die Hauptsätze unseres Glaubens anders formulieren, als es die Kirche vor 1500 Jahren getan hat. Aber die alten Worte sind Worte, die wir alle gemeinsam aussprechen können. Als Zeichen unserer Gemeinschaft sprechen wir miteinander das ökumenische Glaubensbekenntnis.

Auch wenn ich das apostolische Glaubensbekenntnis durch einen Vorspruch als historisches Dokument zitiere, verfestige ich durch jede Wiederholung ein männliches Gottesbild. Ich versuche, diese Fixierung Gottes durch ein weibliches Gottesbild an anderer Stelle im Gottesdienst wieder zu öffnen. Aber ich bin mir bewußt, daß dies durch die verschiedene Gewichtung liturgischer Stücke im Bewußtsein der Gemeinde sicher nicht die gleiche Wirkung hat und nur als Kompromiß gelten kann.

In vielen Gottesdiensten ist es möglich, ein modernes Glaubensbekenntnis in heute verständlichen Worten zu sprechen. Wenn mein Glaube lebendig ist, dann werde ich versuchen, ihn in Worte unserer Zeit zu übersetzen. Ein Zwischenschritt scheint mir ein Glaubensbekenntnis von Dietrich Bonhoeffer zu sein, das nach nur geringfügigen Änderungen in gerechter Sprache gesprochen werden kann:

Ich glaube, daß Gott aus allem, auch aus dem Bösesten,
Gutes entstehen lassen kann und will.
Dafür braucht Gott Menschen,

die sich alle Dinge zum Besten dienen lassen.
Ich glaube, daß Gott uns in jeder Notlage
so viel Widerstandskraft geben will, wie wir brauchen.
Aber Gott gibt sie nicht im Voraus,
damit wir uns nicht auf uns selbst,
sondern allein auf Gott verlassen.
In solchem Glauben
müßte alle Angst vor der Zukunft überwunden sein.
Ich glaube, daß auch unsere Fehler und Irrtümer
nicht vergeblich sind,
und daß es Gott nicht schwerer ist,
mit ihnen fertig zu werden,
als mit unseren vermeintlichen Guttaten.
Ich glaube, daß Gott kein zeitloses Schicksal ist,
sondern daß Gott auf aufrichtige Gebete und
verantwortliche Taten wartet und antwortet. Amen.

Ein ganz neues Glaubensbekenntnis ist von einer Vikarin aus der DDR für einen Ostergottesdienst 1986 in Wittenberg formuliert worden[5]:

Ich glaube an die heilige Aufregung der Frauen,
die beim Aufgehen der Ostersonne
den weggewälzten Stein sahen.
Ich teile ihre Hoffnung
auf eine gelingende Gemeinschaft der Heiligen,
einer Gemeinschaft befreiter Schwestern, erlöster Brüder,
wo niemand wie ein Stein das Leben der anderen verschließt.
Ich glaube an die wahre Unsterblichkeit Jesu,
in dessen Begegnungen die tiefe Kraft des Lebens
den Menschen ganz nahe kam,
der unabhängig von der Macht und Meinung anderer
alles Lebensverneinende anging, sich einmischte und aufrieb,
bis ihm selbst das Recht zu leben genommen wurde
und er ermordet wurde unter dem Haß.

So reibt er sich in jene scheinbar endlose Kette
Mißachteter und Ermordeter,
deren Leid sich nicht in Worte fassen läßt.
Und dennoch können wir nicht schweigen,
sonst würden wir irr.
Ich glaube an das zarte zerbrechliche Geheimnis des Lebens,
das wir Gott nennen,
verborgen wie ein Korn in der Erde,
das uns in allem fragend begegnet
und unsere Liebe, unsere Angewiesenheit
und Verantwortung wachruft. Amen.
(Zeile 7 von mir geändert, lautet im Original:
wo keiner wie ein Stein das Leben des anderen verschließt.)

7. Mit der Bibel heute Orientierung suchen (Predigt)

Einer gerechten Sprache entspräche eine mehr dialogische Form der Textauslegung, als es die Predigt ist. Alle könnten so ihre Fragen, Beobachtungen und Gedankenanstöße einbringen. Obwohl dies von der Personenzahl her ohne weiteres zu organisieren wäre, ist es doch die Regel, daß eine oder einer eine Viertelstunde lang ungestört predigt und die anderen konsumieren. Das gesellschaftliche Muster wiederholt sich im Gottesdienst.

Für mich als Pfarrerin ist die Predigt zunächst der Teil des Gottesdienstes, den ich am einfachsten nach meinen Vorstellungen gestalten kann. Die Predigt ist eine große Chance, die Gemeinde an das Hören von gerechter Sprache zu gewöhnen und so durch Einüben Sprachempfinden mitzuprägen. Das, was oft genug öffentlich ausgesprochen wurde, klingt im Laufe der Zeit normal, früher übliche Formulierungen (z. B. »Liebe Konfirmanden« als Anrede für KonfirmandInnen) fallen allmählich als unvollständig und falsch auf.

Meine Möglichkeiten als Predigerin werden dadurch eingeschränkt, daß ich gehalten bin, mich nach dem in der Perikopenordnung für den jeweiligen Sonntag vorgesehenen Bibeltext zu richten.

Schon in den Evangelien sind nur wenige Abschnitte überliefert, in denen Frauen vorkommen. Die Perikopenordnung verstärkt die Nichterwähnung von Frauen zusätzlich. Wie Gerhildt Calies und Heide Emse[6] untersucht haben, spielen nur in 32 von 697 vorgeschlagenen Predigttexten Frauen eine Rolle und sei es am Rande. Dies sind 4,6 Prozent der Predigten innerhalb von 6 Jahren. Allein 12 dieser 32 Predigtabschnitte, die Frauen erwähnen, gehören zum Weihnachts- und Osterkreis. An diesen Festtagen läßt sich eine Erwähnung von Maria als Mutter Jesu oder der Frauen als Zeuginnen von Tod und Auferstehung kaum umgehen. Nur Paulus streicht die Frauen aus der Ostergeschichte in 1. Kor. 15,1–11, und trotzdem wird der Abschnitt für das 2. Jahr der Perikopenreihe zu Ostern vorgeschlagen.

Da schon in der Perikopenauswahl die Erfahrungen von Frauen fast ganz ausgeklammert wurden, predige ich in unregelmäßigen Abständen auch über Bibelabschnitte, die als Predigttexte nicht vorgesehen sind.[7]

8. Über den engen Kreis hinaussehen (Fürbitten)

Das Fürbittengebet ist der Ort im Gottesdienst, an dem der Blick noch einmal ausgeweitet wird, von der Ortsgemeinde auf die Aufgaben der ganzen Kirche, von der Versammlung hier im Stadtteil auf die Strukturen dieser Welt, von den eigenen Schwierigkeiten auf die Lebenssituation anderer. Nach der überlieferten Struktur soll das Fürbittengebet umfassen: »1. Die Kirche und ihre Diener, 2. die Welt und die Obrigkeit und 3. Nöte und Notleidende aller Art.«[8]

Ein Blick in gebräuchliche Agenden zeigt schnell, daß die traditionellen Gottesdienstgebete offensichtlich von Männern formuliert wurden, denen bestimmte Lebenssituationen gar nicht in den Blick kamen. Frauen und ihre speziellen Lebenserfahrungen kommen nicht vor. Ich kenne kein Fürbittengebet, daß die Angst der Frauen vor Vergewaltigung aufnimmt. Die Lebenssituation von Frauen und Männern, die sich entschieden haben, als Singles zu leben, oder die besonderen Bedürfnisse Alleinerziehender werden angesichts des christlichen Familienideals ausgeblendet. Die doppelten Belastungen von berufstätigen Frauen mit Kindern kommen nicht zur Sprache.

Männliche Formulierungen legen nahe, daß die Kirche allein von Männern geleitet und Politik von Männern gemacht wird. Wenn für einzelne Verantwortliche gebetet wird, dann für mächtige Männer. Frauen an entscheidenden Positionen sind in den Fürbittengebeten anscheinend nicht vorstellbar. Es wäre nicht schwer, Frauen zu ergänzen. Eigentlich aber müßte die insgesamt hierarchische Vorstellungsweise der Gebete geändert werden. Demokratische Vorstellungen sind traditionellen Gebeten, die alles Gute von oben erwarten, fremd.

Angesichts der vielen notwendigen Veränderungen fällt es mir in der Regel leichter, Fürbittengebete selbst neu zu formulieren, als überlieferte Gebete sprachlich und inhaltlich zu überarbeiten. Aber es gibt auch Ausnahmen:

– *O Gott, wir können Dich nicht einfach bitten,*
daß Du den Krieg beendest.
Denn wir wissen, daß Du die Welt so gemacht hast,
daß die Menschen ihren eigenen Weg zum Frieden finden
müssen, mit sich und ihren Nachbarinnen und Nachbarn.
O Gott, wir können Dich nicht einfach bitten,
daß Du den Hunger beendest.
Denn wir wissen, Du hast uns alle Mittel gegeben,
um die ganze Welt satt zu machen,
wenn wir nur weiser damit umgehen würden.
O Gott, wir können Dich nicht einfach bitten,
daß Du Vorurteile ausreißt.
Denn Du hast uns schon Augen gegeben,
mit denen wir das Gute in allen Menschen sehen können,
wenn wir nur richtig hinsähen.
O Gott, wir können Dich nicht einfach bitten,
daß Du Verzweiflung beendest.

Denn Du hast uns schon die Macht gegeben,
Slums zu beseitigen und Hoffnung zu stiften,
wenn wir die Macht nur richtig benutzten.
O Gott, wir können Dich nicht einfach bitten,
daß Du Krankheit beendest.
Du hast uns schon den Verstand gegeben,
mit dem wir Linderung und Heilung suchen können,
wenn wir den Verstand nur konstruktiv einsetzten.
Darum, o Gott, bitten wir Dich statt dessen
um Stärke, Entschlossenheit und Willenskraft,
daß wir tun, anstatt bloß zu beten,
daß wir werden, anstatt nur zu wünschen.[9]

Folgendes Gebet habe ich zur Eröffnung der Frauendekade am Ostersonntag 1988 gesprochen:

Gott, du Licht von Ostern her.
Christus ist auferstanden,
und wir brauchen unsere Hoffnungen nicht zu Grabe zu tragen.
– die Hoffnung, daß wir uns nicht länger gegeneinander ausspielen lassen,
– die Hoffnung, daß nicht nur wir uns, sondern auch alle anderen sich ändern können,
– die Hoffnung, daß das Leben dieser Schöpfung sich als stärker erweist als die Todesstrukturen aus Macht und Geld.
Gott, an Ostern haben wir viele Hoffnungen
und lassen sie blühen wie die Blumen im Frühling.
Der Duft der Hoffnungsblumen soll uns Mut machen,
– Mut, an uns zu arbeiten,
– Mut, an den sich wandelnden Rollenbildern zu arbeiten, damit Frauen und Männer nicht eingeengt werden,
– Mut, am Bild der Kirche zu arbeiten, daß sie Raum gibt allen Gaben deiner Gnade.
Du hast uns gestärkt durch Brot und Traubensaft.
Wir werden uns gegenseitig bestärken,

gemeinsam der Resignation Einhalt gebieten,
und uns mit nichts weniger
als deinem Reich der Gerechtigkeit und des Friedens abfinden.
Du hast uns mit vielen Fähigkeiten geschaffen,
wir wollen uns gegenseitig befähigen,
über unsere Schwächen hinauszuwachsen,
daß wir gemeinsam die Frucht der Gerechtigkeit in Frieden
säen und so wirklich tun, was wir beten:
Geheiligt werde dein Name
Dein Reich komme ...

Nur ein weiteres Beispiel:

Gott, du Ohr für unsere Klagen,
wir sehnen uns nach einer Welt ohne Gewalt
und können uns doch eine solche Welt fast nicht vorstellen.
Hoffentlich, Gott, bleibt uns selbst erspart,
Opfer solcher Gewalt zu werden,
und hoffentlich bleibt es uns auch erspart,
uns jemals an solcher Gewalt zu beteiligen.
Wozu könnten wir fähig sein?
Gott, bewahre uns vor dieser Erfahrung.
Für die gebrochenen und gefolterten Frauen, Männer und Kinder
Gott, was sollen wir beten?
Wir wollen glauben, daß du niemand allein läßt
und auch in einem geschundenen Gesicht noch Würde entdeckst.
Wir wollen glauben, daß du die zu Tode Gequälten aufhebst
und daß du denen, die überleben, Kraft gibst zum Weiterleben
und Zeit zum Heilen
und irgendwann wieder
die Fähigkeit, unbeschwert fröhlich zu sein.
Gott, wenn du uns dazu brauchen kannst,
dann hilf uns zum richtigen Wort, zur rechten Geste.
Und fall mit uns dem Unrecht in den Arm, bevor es geschieht.
(An Palmsonntag nach Predigt über Richter 19)

Auch in anderen Kontinenten entstehen Gebete mit ähnlichen Anliegen, die zudem differenziert die Lebenssituation von Frauen und Männern aufnehmen:

»Adam und Eva teilten das erste Paradies,
und heute teilen Männer und Frauen
die Freude und Sorge,
den Mut und die Angst,
den Glauben und die Unsicherheit,
die Hoffnung und die Verzweiflung.
Beide in Gemeinsamkeit teilen sie die Menschlichkeit.
Darum laß keinen Mann sich selbst für vollkommen halten.
Laß keine Frau vor Verantwortung zurückschrecken.
Hilf zur Ganzheit der Gemeinschaft.
Mit klarem Verstand und Einigkeit,
nicht aus Furcht und Feindschaft,
aber mit Freude und Lebenskraft.«[10]

9. *Gestärkt aufbrechen (Segen)*

Mir entspricht es eher, mit der Gemeinde um Gottes Segen zu bitten, als der Gemeinde – vielleicht noch mit ausgebreiteten Armen – Gottes Segen von oben zuzusprechen. Andere Pfarrerinnen legen diese Rolle des Segnens nicht so schnell ab. Die Bitte um Segen läßt sich allerdings leichter in gerechter Sprache äußern als der zugesprochene Segen. Ein Reden zu Gott in der 2. Person singular (du) erspart viele Geschlechtsfestlegungen, die beim Reden über Gott schwieriger zu umgehen sind:

– *Gott, segne uns und behüte uns,*
Gott, lasse Dein Angesicht leuchten über uns
und sei uns gnädig.
Gott, hebe Dein Angesicht auf uns und gib uns Frieden.

– *Gottes Segen leuchte uns, wie das Licht am Ostermorgen.*
Gottes Friede begleite uns.
Gottes Liebe beflügle uns.
Gottes Freude rühre uns an.
Christus ist auferstanden.
In diesem Glauben segne uns Gott.

– *Gott, segne uns und behüte uns.*
Gott, erhebe Dein Angesicht auf uns und sei uns gnädig.
Gott, lasse Dein Angesicht leuchten über uns.
In uns allen lebe Gottes Segen.
Jesu Beispiel stärke unsere eigene Kraft.

– *Gott allen Trostes und aller Verheißung,*
segne uns und behüte uns,
begleite uns mit Deiner Liebe, die uns trägt und fordert,
laß Dein Angesicht leuchten über uns und sei uns gnädig,
denn Deine Güte schafft neues Leben,
wende Dein Angesicht uns zu und schenke uns Heil,
lege Deinen Namen auf uns, und wir sind gesegnet.[11]

– *Gott segne uns die Erde, auf der wir jetzt stehen.*
Gott segne uns den Weg, den wir jetzt gehen.
Gott segne uns das Ziel, für das wir jetzt leben.
Du Immerdar und Immerdar
segne uns auch, wenn wir rasten.
Segne uns das, was unser Wille sucht.
Segne uns das, was unsere Liebe braucht.
Segne uns das, worauf unsere Hoffnung ruht.
Gott segne unseren Blick,
auf daß wir von Dir gesegnet
einander zum Segen werden können.[12]

Schlußbemerkung

Gottesdienste in gerechter Sprache sind möglich. Sie erfordern einiges an Arbeit und Umgewöhnung. Vieles klingt zunächst ungewohnt, und oft gilt es zu überprüfen, was ich wirklich beten und sagen will. Aber auch auf dem Weg zu einer gerechten Sprache stellt sich Routine ein, so daß das Feilen an den Worten von Mal zu Mal einfacher wird, weil ich mittlerweile aus einer Fundgrube schöpfen kann. Mit jedem Gottesdienst wird mein Vorrat an Ausdrucksmöglichkeiten größer, und ich kann sicherer in Worte fassen, was ich glaube.

Ausgesprochen ablehnend-feindliche Reaktionen auf solche Gottesdienste in gerechter Sprache habe ich bisher nicht erlebt. Anscheinend habe ich, zumindest für diese Kirchengemeinde, die Balance zwischen dem Anklang an Vertrautes und der Öffnung für heutige Lebenserfahrungen von Frauen, Männern, Mädchen und Jungen gefunden. Meine Bemühungen werden dadurch erleichtert, daß mein Kollege nach ähnlichen Kriterien formuliert, die Gemeinde also nicht einem sonntäglichen Wechselbad ausgesetzt ist.

Mittlerweile hören viele regelmäßige GottesdienstteilnehmerInnen die Defizite und Diskriminierungen in anderen Gottesdiensten und fühlen sich durch sexistische Sprache gestört. Einzelne Kirchenvorsteherinnen und Kirchenvorsteher sind dazu übergegangen, wenn sie mit der Lesung an der Reihe sind, ihren Bibelabschnitt entsprechend sprachlich zu verändern. Wie selbstverständlich ergänzen sie dann Schwestern vor den Brüdern und lesen Gott statt Herr. Es kam sogar schon vor, daß ein Kirchenvorsteher statt dem gebräuchlichen Gottesbild »Vater« im Bibeltext kurzerhand »Mutter« las. Enttäuschend für ihn war nur, daß weder mir noch anderen im Gottesdienst die Veränderung überhaupt auffiel.

Insgesamt habe ich erlebt, daß die oben beschriebene Art von Gottesdiensten die Gemeinde eher einlädt, anschließend weiterzudiskutieren. Dabei stehen die Diskussionen über Inhalte im Vordergrund, und nur selten wird über einzelne Formulierungen und Gottesbilder geredet. Ich erinnere mich nur an eine kritische Äußerung eines Kirchenvorstehers, der nach einem Gebet zu »Gott, Töpferin« monierte, daß ihm als Mann damit kreative Eigenschaften abgesprochen würden. Dieser Kirchenvorsteher hat die Bedeutung von Gottesbildern für das eigene Selbstverständnis erkannt und in diesem einen Gottesdienst erfahren, was Frauen so häufig erleben.

Vielleicht ist eine gerechte Sprache im Gottesdienst in anderen Gemeinden eher Anlaß zu Diskussion und Auseinandersetzung. Ich hoffe, daß dies Kolleginnen und Kollegen nicht entmutigt. Denn wenn Gottesdienste den TeilnehmerInnen Mut machen, auch die eigene Meinung zu äußern, nachdem fast eine Stunde dazu in den Kirchenbänken keine Gelegenheit war, dann haben sie etwas in Gang gesetzt.

Anmerkungen

1. Nach Walter Bindemann, in: *F. Heydenreich (Hrsg.):* Gebete für die Gemeinde, Ost-Berlin 1986, S. 13.

2. Schriftworte und Gebete für den Gottesdienst, hrsg. vom Leitenden Geistlichen Amt der Evangelischen Kirche in Hessen und Nassau, Darmstadt 1968.

3. Hrsg. Beratungsstelle für Gestaltung von Gottesdiensten und anderen Gemeindeveranstaltungen, Frankfurt 1985, S. 234.

4. Vgl. Anmerkung 2.

5. Abgedruckt in Women in a Changing World No. 25, Jan. 1988, herausgegeben vom ÖRK in Genf. S. 45; leider ist der Name der Theologin nicht erwähnt wie die Namen so vieler Frauen in der Bibel und Kirchengeschichte.

6. FRAUEN FORMEN SPRACHE, Erwachsenenbildung konkret Nr. 20, Frauenwerk der Nordelbischen ev.-luth. Kirche, April 1987, S. 10–80.

7. Ein erstes Hilfsmittel dazu sind die beiden Bände von E. R. Schmidt/R. Jost/M. Korenhof, Feministisch gelesen I und II, Stuttgart 1988 und 1989.

8. *Christoph Albrecht:* Einführung in die Liturgik, Göttingen 1983, S. 55.

9. Eigene Übertragung nach einem Gebet von Jack Riemer, zitiert in

Harold S. Kushner, When bad things happen to good people, New York 1983, S. 118.

10. Commission on Faith and Order, Bangalore Indien 1978, zitiert nach: Von allen Seiten umgibst du mich, Herr – Gebete aus der Ökumene, hrsg. Evangelisches Missionswerk im Bereich der Bundesrepublik Deutschland und Berlin West e. V., Hamburg 1985, S. 69.

11. *Christel Voß-Goldstein:* Abel, wo ist deine Schwester? Düsseldorf 1987, S. 178.

12. Nach irischen Segenswünschen.

Dorle Schönhals-Schlaudt

»Du, Eva, komm sing dein Lied«

Worte und Töne, die uns bewegen

Mein Herz schlägt den Beat
mein Mund singt das Wort
mein Ohr hört den Klang
mein Körper wiegt sich im Sein

so ist meine Seele voll Gesang

und wenn wir uns treffen, Schwester
du und ich –
mit Worten, die sich finden
du und ich –
mit Tönen, die gleiche Schwingung bergen

dann klingt unser Lied schon doppelt, Schwester
und ich frage dich:

werden es viele sein, die mit uns singen?

Unsre Lieder ziehen uns voraus zu neuem Leben

Wären die beiden Schwestern Lea und Rahel nicht ausgezogen aus ihrem Vaterhaus, wahrscheinlich stünden sie sich ihr Leben lang als Rivalinnen gegenüber (1. Mose 29–31). Gegenseitige Konkurrenz und Streit, ja hinterlistige Lügen, um anerkannt zu sein vor denen, die das Sagen haben – das ist zunächst das Leben von Lea und Rahel. Jede will die Beste sein vor ihrem Vater und vor ihrem Mann. Doch es gelingt ihnen, nicht stehen zu bleiben im ständigen Kampf gegeneinander. Ihre Chance erkennend, fordern sie ihren Mann Jakob auf, Gottes Weisung zu folgen (31,3.16). Durch den Auszug aus dem Vaterhaus finden sie zu einem neuen Verständnis von Schwesterlichkeit: Sie sprechen von nun an als »Wir« (31,4ff). Ein neuer Weg tut sich vor ihnen auf. Sie sehen einen Aus-weg aus patriarchalen Bindungen und entdecken dabei ihre eigenen Kräfte. Aus Töchtern werden Frauen, die sich selbst versorgen, sich selbst bemuttern, sich selbst »beeltern« und deshalb auch für andere sorgen können.[1] Abgewandt von einem So-ist-es-halt-Leben, finden sie zu aktivem, verantwortlichem Miteinander. Keine Abschiedstränen, keine Abschiedszeremonie. Sie lösen sich aus väterlichen Banden, um ihr Freiheitslied selbst anstimmen zu können. Vaterlieder, wie Laban sie anbietet, brauchen sie nicht mehr (31,27). Sie können nach dem Auszug ihr eigenes Lied anstimmen, wie Mirjam mit der Pauke (2. Mose 15,20 u. 21).

Auf ihren Kamelen sitzend, lassen sie sich im monotonen Gang, im ruhigen Metrum der Gewißheit schaukeln:

Wir ziehen aus zu neuem Leben, zu unserem eigenen Leben.

Heidi Rosenstock / Bernd Schlaudt

So stimmen auch heute Frauen in schwesterlicher Solidarität ihre Lieder an. Sie verzichten oft gerne auf die vertraut klingenden alten Texte und Melodien der Kirchenchoräle.

Der Wunsch nach Liedern, die ihre alltäglichen Bedürfnisse und Empfindungen einbeziehen, ist groß. Sie suchen einen Teil ihres eigenen Lebens, eines täglich neu werdenden Lebens.

Worte, die uns neu verbinden

Frauen fragen sich: Wie und Was singen wir eigentlich?
Welche Worte und Töne erklingen in unseren Liedern?

Die kritische Auseinandersetzung mit kirchlichen Traditionen, mit überlieferten Wertvorstellungen, und somit auch mit den hierarchischen und patriarchalen Strukturen, bringt immer mehr Frauen und zunehmend auch Männer dazu, nur noch unter großen Vorbehalten dem traditionellen Liedgut zu begegnen. Selbst neuere geistliche Lieder müssen sich oft die Frage gefallen lassen: Wo werden hier Frauen gleichwertig neben die Männer gestellt und ernst genommen?

Frauen ziehen aus der Verschwiegenheit aus. Sie vollziehen selbst den Exodus und melden sich lauthals zu Wort, wenn andere von ihnen als »Brüder« singen. Solche Worte verletzen Frauen. Sie wehren sich gegen männliche Formulierungen für sie selbst, auch dann, wenn andere kein Gespür dafür haben, daß Worte verletzen können. Beharrlich machen Frauen aufmerksam auf ausgrenzende Sprache. Immer wieder äußern sie, angerührt von befreiender feministischer Theologie, das Bedürfnis, auch im Singen etwas von dem wiederzufinden, was sie in ihrem Frau-sein bestärkt und was sie als gleichwertige Persönlichkeiten, als Schwestern neben ihre Brüder stellt. So drängt es uns, wenn wir Lieder singen und unsere Liturgie feiern, zu einer frauenfreundlichen, zeitgemäßen und gerechten Sprache, in der wir nicht ausgeschlossen, sondern benannt sind.

Daneben graben Frauen nach überlieferten Schätzen ihrer Schwestern aus vergangenen Jahrhunderten, die unter einem riesigen Berg von hochverehrter Männermusik begraben liegen. Wie würden z. B. die Lieder von Hildegard von Bingen heute klingen, hätten sie einen Platz in der Tradition unserer Kirchengesänge gefunden? Oder wie hätte sich die Kirchenmusik wohl weiterentwickelt, wenn nicht nur die Söhne, sondern auch die neun Töchter der Bachschen Familie Chancen für eine Weiterentwicklung des musikalischen Erbes gehabt hätten?

Ausgehend von wertvollen Einsichten aus kirchlichen Traditionen suchen Frauen heute nach den Spuren ihres eigenen Glaubens nicht nur in Wortverkündigung und Predigt. Sie möchten ihre Identität nicht verleugnen, wenn in Gottesdiensten gesungen wird. Sie teilen ihre Glaubenserfahrungen, indem sie ein Stück ihres eigenen inneren Erlebens mit anderen teilen in Texten und Tönen, die ihnen entsprechen.

Wir Frauen möchten Lieder singen, in denen unmittelbar Kraft und Ermutigung spürbar wird.

Wir möchten Lieder singen, in denen Gottes lebensbejahendes Wirken unter uns Menschen beschrieben und sichtbar werden kann.

Wir möchten Lieder singen, die Worte einer gerechten Sprache finden, nicht ausgrenzend, sondern benennend.

Dorle Schönhals-Schlaudt/Bernd Schlaudt

Oder auch:

Dorle Schönhals-Schlaudt/Bernd Schlaudt

Ein-blick zurück

In der Zeit der Reformation wurden Lieder dazu benutzt, daß »die jungen Leut ... den Text der Evangelien ... leichter verstehen und sich die vornehmsten Lehren aus den gehörten Predigten ... wieder erinnern können.« So schreibt Paul Ebers 1560.[2] Sehr ähnlich klingt dies bei Martin Luther, wenn er schreibt: »Verlasse dich nicht darauf, daß das junge Volk allein aus der Predigt lerne und behalte. Wenn man nun solche Stücke wohl weiß, so kann man danach auch etliche Psalmen und Gesänge, so darauf gemacht sind, vorlegen zur Zugabe und Stärke desselbigen und also die Jugend in die Schrift bringen.«[3] Luther benutzte also seine Lieder dazu, den Menschen die Predigt mit nach Hause zu geben. Im Singen konnten sie das reformatorische Gedankengut verinnerlichen. Wie besser, als in gereimten Versen, konnte die »Neue Lehre« eingeübt werden? Im üblichen Sprachgebrauch der damaligen Zeit wurden die Kernaussagen der christlichen Lehre in ein entsprechendes Versmaß gebracht und Töne zu einer Melodie geformt. Auf diese Weise wurden die Erkenntnisse aus der Sonntagspredigt zum Glaubensbekenntnis und zur Verkündigung der ganzen Gemeinde, wenn sie das »Neue Lied« eingeübt und gelernt hatte. Die Frauen und Männer nahmen ihr »Liedgut« mit nach Hause und sangen es dort an den entsprechenden Orten weiter.

In diesem Zusammenhang habe ich zu dem Lied »Ein feste Burg ist unser Gott, ein gute Wehr und Waffen« wieder einen, wenn auch schmalen, Zugang gefunden. Meine Beschreibung von Göttlichem hat heute andere Worte und Töne. Doch ich kann aus diesem Kirchenchoral heraushören, was das Bedürfnis der Menschen damals war, nämlich Schutz und Geborgenheit. Wie sonst wäre für sie Gott wie eine mittelalterliche Festung? Wenn wir heute in unseren Gottesdiensten dieses Lied singen, wird es selten in einen Zusammenhang mit der Zeit, in der es entstanden ist, und den Umständen, unter denen es gesungen wurde, gebracht.

Doch gerade hier liegt für mich die Herausforderung an unser Singen heute: Wo haben unsere Lieder in gottesdienstlichen Feiern mit unseren innersten Bedürfnissen und Nöten zu tun?

Wann verkünden unsere Lieder auch unsere Erfahrungen mit Gott?

Manchmal möchte ich hier lieber rufen: Erbarme dich unser, Gott!

Dorle Schönhals-Schlaudt

Worte und Töne, die uns bewegen

Wo liegen für uns heute Möglichkeiten des Ver-innerlichens von Glaubenserfahrungen oder Erkenntnissen der christlichen Botschaft? Findet Ein-laß nach Innen, Anrührung der Seele, heute in unseren Gottesdiensten noch statt? Reicht es, die alten Bekenntnisse nachzusprechen und nachzusingen in unseren Gebeten und Liedern? Welchen Raum findet das mir eigene Bekenntnis? Erneuernder Glaube, muß er nicht auch erneuernde Sprache und Klänge mit sich bringen, um glaub-würdig zu sein? Wenn Glaube sich entfalten will, muß er nicht auch immer neu sprechen lernen, um Ausdruck zu finden?

Der Weg nach innen – anrühren lassen der Seele, der Weg heraus – Ausdruck des Er-lebten in Worten und Tönen, das ist eine Bewegung, ein Zyklus, immer wiederkehrend und erneuernd. Es ist wie die ur-alte Kultform des Kreises, »heilig«, heiligend und heilend, im stetigen Wechsel von Innen und Außen, von einatmen, ausatmen und ruhen.[4]

Sollte sich dies nicht in unseren Äußerungen zeigen dürfen, oder muß dies nicht sogar Ausdrucksformen finden?

In früheren Jahrhunderten entstanden immer wieder neue Lieder zur jeweiligen Sonntagspredigt. Luthers Predigtworte fanden Metrum, Versmaß und Rhythmus. Sie fanden Töne, die den Klang der Worte weitertrugen, und sie entdeckten Harmonien, die den Seelen des Volkes damals entsprochen haben. Evangelium trug weiter als nur bis zur Kirchentüre. Zu Hause wurde die »Predigt« weitergesungen.

Obwohl ich sicher weiß, daß für viele Menschen die alten Lieder ein Teil ihrer »Seelenharmonie« bedeuten – und dies sollen sie für sich auch bewahren –, so bedrängt mich doch die Frage immer stärker: Brauchen unsere Erfahrungen mit Gott, mit göttlichem Erleben, nicht die alltäglichen Worte – unsere Sprache heute und auch unsere Töne, die Klänge unseres Alltags? Müssen wir uns hier nicht viel mehr bemühen um Beschreibungen und Ausdrucksformen in unserem gottesdienstlichen Singen? Sind unsere Kirchengesänge noch ein Spiegelbild unseres inneren Erlebens?

Hier suche ich nach Worten und Tönen, die mir helfen, Klärung zu finden, hier suche ich meinen Standpunkt. Der eine Ausdruck, der bestimmte Ton, sie finden ein Jetzt – Zuordnung zum jetzigen Stand, und gleichzeitig weiß ich, daß morgen schon neue Abklärung, neue Töne und andere Worte nötig sein werden.

Mag sein, daß hier das sonntägliche Morgenlied zum alltäglichen Gesang wird – oder wird vielleicht der Segensvers des Gottesdienstes zum Abendsegen einer Tischrunde oder eines Gesprächskreises?

Dorle Schönhals-Schlaudt / Bernd Schlaudt

danach zur Melodie EKG 336:
All Morgen ist ganz frisch und neu, Gott, deine
Gnad und große Treu; sie hat kein End den langen
Tag; drauf jede sich verlassen mag.

Joh. Zwick um 1496–1542
und Hildburg Wegener, 1989

Gott, Freundin der Menschen, Freund der Erde

Ja, ich singe von Gott als Freundin und als Freund.

Gott begegnet mir freundschaftlich: offen, ehrlich und aufrichtig im Gegenüber, so wie sich Freundinnen gegenüberstehen. Von der schwesterlichen Freundlichkeit Gottes möchte ich singen in der Kirche. Als Freundin und Vertraute ist mir Gott nahe. Manchmal, dies aber viel seltener, auch als Freund.

Allzuoft habe ich gesungen von dem »Herrn der Herrlichkeit«, von dem »König aller Königreich«, von dem »Richter«, der mir den erhobenen Zeigefinger entgegenhält.

Dies ist eine Bildersprache von Gott, deren Melodie mir im Halse steckenbleibt. Ich muß sie uminterpretieren, damit ich sie »schlukken« kann, doch sie »schmeckt« mir deshalb noch nicht besser. Diese Bildersprache klingt nicht triumphierend aus meinem Mund, sie wird eher zu einem heiseren Krächzen. Sie hat keine klaren Konturen mehr in meinen Augen, es sind verzerrte, schiefe Bilder geworden.

Nein, meine Stimme wird stumm, wenn ich singen soll, weil man/n in der Kirche schon immer so gesungen hat. Dies stellt mich in weite Distanz zu meiner Kirche.

Wo spiegelt sich das Wesen der Frauen wieder in unseren Liedern? Ich singe von Gott als Freundin, weil mich die Weiblichkeit Gottes direkt hineinnimmt in die Beziehung zu Gott. So sehe ich, als eine der vielen Töchter Gottes, auch eine Aufgabe darin, dieser Weiblichkeit Raum zu geben – ebenso wie einem freundschaftlicheren männlichen Gottesbild.[5]

Gott als Freundin sehen, die mir hilft,
die Wahrheit und die Ungerechtigkeiten zu erkennen,
mit denen das Oben- und Unten-Denken auf dieser Erde
Gottes geschwisterliche Liebe fesselt –
    Gottes Freundinnenaugen rühren mich an
    sie treffen mich in meinem Inneren
    sie drängen mich zur Stellungnahme
    zur Aufdeckung, zur Sichtbarmachung.
Gott als Freund sehen, der mir hilft,
die stillschweigende Ignoranz zu erkennen,
mit der die Herrschenden dieser Erde
Gottes Kreatur den Atem zubinden –
    Gottes Freundesaugen rühren mich an
    sie treffen mich in meinem Inneren
    sie drängen mich zur Stellungnahme
    zur Aufdeckung, zur Sichtbarmachung.

Dorle Schönhals-Schlaudt/Bernd Schlaudt
nach einem Gebet von Dorothee Sölle

Singen, um erkannt zu werden

»Es tut richtig gut, wenn Sie uns Männer in dieser Weise herausfordern«, so ein achtzigjähriger pensionierter Lehrer in einem Gespräch, nachdem wir dieses Lied im Gottesdienst gesungen hatten. »Gott, Freundin und Freund – ein schönes Bild, eine schöne Formulierung. Mich bewegt das richtig. Ich habe so noch nie von Gott gesungen.« Dankbar für seine Weitherzigkeit, spüre ich, daß dieser Mann ahnt, was mir wichtig ist. Mir geht es nicht um beliebiges Austauschen weiblicher und männlicher Formulierungen. Mir geht es vielmehr darum, daß wir selbst hinter dem stehen, was wir singen und sagen. Nur dann kann verändernde Kraft spürbar werden, die aus unseren Worten und Bildern herausklingt. So wage ich zu hoffen, daß sich unsere Kirche und Gesellschaft langsam aber stetig verändern wird, wenn wir schöpfungsbejahende und gerechte Formulierungen einüben.

Bei der Umschreibung unserer Gottesbilder reicht es nicht, die Erfahrungen von Frauen, wie sie Gott erleben, nur mitzudenken. Wir müssen lernen, Gott auch in weiblichen Bildern zu beschreiben, wenn wir reden und singen. Nur dann findet die Weiblichkeit Gottes auch Platz in unserem täglichen Leben.

Leider erlebe ich immer wieder Menschen, die mein Anliegen eher belächeln und unnötig finden, doch – ich singe, um erkannt zu werden.

Singen, um nicht zu verstummen

In meiner Arbeit als Musikerin in der Kirche hat mich schon so mancher Männerchor zu betretenem Schweigen veranlaßt. So kann ich dem Gesang einer Pfarrkonferenz nur standhalten, indem ich selbst verstumme. Diese selbstsicheren Töne sind mir zu hoch-erhaben, zu mächtig. Leiser gesungene Klänge, die das innere Ohr nicht übertönen, hörende Töne – sie sind selten zu finden. Doch ich singe, um gehört zu werden, nicht, um zu verstummen. Einer Stimmung Stimme geben, das gelingt in solchem Rahmen nur selten.

Doch, sollte nicht gerade hier den leiseren Klängen viel öfter der Vorzug gegeben werden? Ich stelle mir eine Kirchensynode vor, in der Lieder eher fragend in die Tagesordnung einstimmen. Ob sie Einfluß nehmen auf die Atmosphäre dieser Versammlung?

»Lieben und Singen läßt sich nicht zwingen«, so ein altes Sprichwort. Ich wünsche mir, daß diese Weisheit in unserer Kirche mehr Gehör findet.

Morgen werden andere Weisen klingen

Oft suche ich sie, die fragend singenden Männer in unserer Kirche. Wo sind sie, die nicht nur in Selbst-Herrlichkeit auftreten, sondern von ihren eigenen Fehlern und Schwächen singen und darüber sprechen. Ich weiß, es gibt sie schon – auch in unserer Kirche.

Doch manchmal erscheinen mir Frauen experimentierfreudiger und mutiger zu sein, eher bereit, auch einmal das Risiko einzugehen, einen Fehler zu machen. Auf dem Weg zu gleichwertigem Miteinander wünschte ich mir in diesem Sinn mehr Lebendigkeit und mehr phantasievolle Beteiligung der Männer.

Heute sind es immer noch mehr Frauen, die in unseren Gottesdiensten singen. Männer tun sich oft sehr schwer. Auch in den Kirchenchören mangelt es nicht an Frauenstimmen, aber die Männerstimmen sind meist unterbesetzt.

Sicher – viele unserer neuen Frauenlieder sind unbequem und herausfordernd. Es ist nicht mehr nur der harmonisierende Beitrag, den wir in unserer Kirche leisten.

Doch ich denke, ein auffrischender Wind kann hier nur guttun. Unsere Frauenlieder können durchaus solidarischer unter Frauen wirken, als dies manchem Mann lieb ist.

In diesem Sinn möchte ich anders singen, als man/n es von mir erwartet. Harmonie und Dissonanz, Beat und Off-beat, Melodie und Kontrapunkt meines Frauenlebens möchte ich zum Klingen bringen, und nicht mehr nur brave, angepaßte Töne nachplappern.

So ist es auch kein Lied für das ganze Leben oder für folgende

Generationen, sondern für jetzt, für meine Situation, für unsere Veranstaltung, die wir vielleicht gerade planen.

Es sind Worte des Heute, der Gegenwart – vorläufige Worte. Morgen schon können andere Weisen klingen!

Manchmal hör ich den Herzschlag im Schritt – Manchmal

Erika Pluhar schreibt in ihrem Lied »Der Aufbruch«:

Doch kann es dir geschehen –
dann hebt es an wie ein Lied
und zeigt dir den Unterschied
zwischen den schlafenden Tagen
und dem Abenteuer der Fragen.[6]

Ich frage mich, ob das Abenteuer der Fragen im Geschehen eines Liedes wohl manchmal eher Gehör findet?

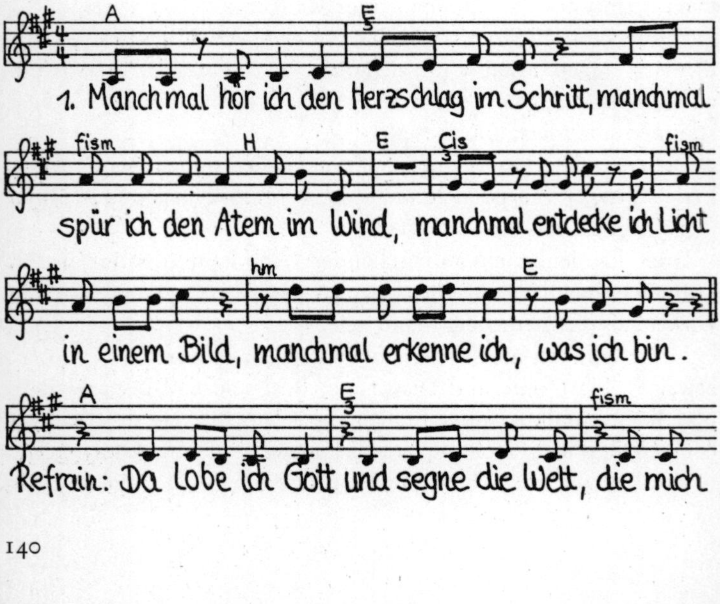

Text: Heidi Rosenstock, Musik: Dorle Schönhals-Schlaudt/Bernd Schlaudt

Ja, manchmal treffen wir uns,
wir Frauen – wir Frauen und Männer – wir, Gott, du und ich.
Manchmal erleben wir in einem Lied göttliches Geschehen. Wir finden gemeinsame Töne.
Doch was ist, wenn dieses nicht spürbar wird, nicht zu erkennen ist?
Was ist, wenn der Herzschlag im Stolperschritt geht und nicht seinen regelmäßigen Rhythmus findet –
wenn der Wind mir den Atem verschlägt?
Was ist, wenn Mauern mir den Durchblick versperren –
wenn Angst meine Seele fesselt, meine Füße im Dunkeln tappen?
Was ist, wenn der offene Himmel mir bedrohlich wird in seiner »Strahlenkraft« –
wenn mir das Hoffnungslied nicht spielt?
Traurig wird es sein.
Keine Worte, keine Töne, Leere wird in mir einziehen, wird Raum einnehmen.
Ich drohe zu resignieren in meiner tiefen Einsamkeit.
Ich erinnere mich an Maria aus Magdala. Ging es ihr nicht ähnlich, als sie in die Leere der Grabeshöhle starrte? Ihre Traurigkeit hält sie umschlungen. Verzweifelt wartet sie auf ein erlösendes Zeichen.
Wo bist du, Gott – du Freundin – du Freund?

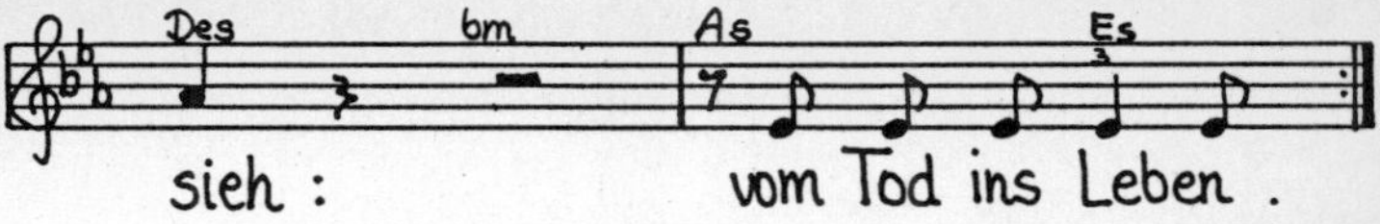

Heidi Rosenstock /Dorle Schönhals-Schlaudt/Bernd Schlaudt

Jetzt, wo ich dich so nötig brauche
bin ich völlig allein
nichts spüre ich von dir
inmitten allen Lebens drumherum

Wo bist du, Freundin – wo bist du, Freund?
Wo bist du, Wort – wo bist du, Lied?
Hörst du mich, Gott, oder wo landen meine Schallwellen
Treffen sie dein Ohr oder verhallen sie im Nichts?

> *Leise fordere ich mich auf:*
> *Wende dich um, Frau*
> *wie Maria aus Magdala*
> *Sieh – erkenne Gott – lebendig und neu*

Es tut gut, an dich zu glauben Gott –
es tut gut, dich als Gegenüber vor mir zu sehen
wie auch immer du aussehen magst
es tut gut, die Anrede, das DU

> *Manchmal glaube ich*
> *den richtigen Ton gefunden zu haben*
> *dann stelle ich mir vor –*
> *Gott, du bist ganz Ohr*

dann sind unsere Rollen vertauscht
dann bist du aufmerksam lauschend
auf die Schwingungen meiner Töne
auf meine innere Bildbeschreibung – mein Klangbild

Und – ich frage dich, Schwester,
werden es viele sein, die mit uns singen?

Viele Frauen haben mitgesungen: auf Kirchentagen, Frauentagen, Frauenwerkstätten, bei Gottesdiensten zur weltweiten Dekade der Solidarität der Kirchen mit den Frauen, bei Liturgie-Werkstätten, in Frauenmusikgruppen, in Liederarbeitsgruppen. Sie alle haben sich auf den Weg gemacht. Sie haben ihre Arbeit aufgenommen für ein gerechtes Miteinander zwischen Frauen und Männern. Sie treten ein jede auf ihre Weise für ihre Sache, für ihr Anliegen. Sie halten die Finger auf die Wunden unserer Zeit, damit Veränderung geschieht, damit Auseinandersetzung passiert, damit man/n nicht die Hände in den Schoß legt und sagt: ist doch alles in Ordnung.

Viele Frauen haben erkannt, daß der Gebrauch unserer Sprache Macht in sich birgt. Deshalb fordern sie mehr und mehr auch im gesungenen Wort Gerechtigkeit ein. In gegenseitiger Solidarität nehmen Frauen ihre Aufgaben in die Hand. Sie sind unterwegs mit dem Ziel vor Augen: Wir möchten arbeiten für Gottes Eine Welt.

Dorle Schönhals-Schlaudt/Bernd Schlaudt

Doch manchmal sind unsere Vorstellungen sehr unterschiedlich.
Dann sind auch unsere Klangwünsche verschieden.
Wir fragen uns, finden wir keinen gemeinsamen Ton?
Warum denke ich anders, warum denkt sie so anders?
Warum empfinde ich so anders als sie?
Wir tun uns schwer mit dem Einklang der Melodie.
Aber – dürfen unsere Töne nicht auch verschieden klingen?

Vielleicht tut eine Gegenstimme ganz gut –
lebendiges, gegenseitiges Umspielen – ein offener Kontrapunkt.
Vielleicht ist ein Nacheinanderherlaufen auch hilfreich –
aufeinander folgend, jede für sich – auch jede und jeder für sich.

Schwesterliche Solidarität reicht mir in manchen Situationen auch aus.

Ich möchte nicht immer, daß Männer in unserer Sprache miteinbezogen werden.

Umgekehrt gilt dies ebenso. Ich möchte nicht mitgemeint sein, wenn Männer von den Brüdern singen. Hier ist mir faires Nebeneinander wichtiger als vereinnahmendes Miteinander.

Eine gelungene Fuge, in der unterschiedliche Stimmen miteinander und gegeneinander konkurrieren, ist eine Kunst – eine Lebenskunst.

Versuchen wir sie.

Wenn wohlklingende, heilende Harmonien entstehen, will ich sie gerne genießen und darin auch genesen, wenn ich es nötig habe.

Vielleicht geben weite, tiefe Töne den hohen, rhythmisch bewegten Tönen Orientierung, wie ein Ostinato, das uns Halt und Sicherheit gibt im langen Atem des Immer-wieder-neu-Werdens unserer Beziehungen untereinander und miteinander.

Sich aufeinander einstimmen, oder gar miteinander abstimmen, verlangt aufmerksames Zuhören, sich in Beziehung halten – offen, bis sich die nächsten Schritte andeuten auf dem Weg zu einem gerechten Miteinander.

Dorle Schönhals-Schlaudt/Bernd Schlaudt

Lieder und Zusammenhang, aus dem sie entstanden sind

Du Eva, komm sing dein Lied – Bibelarbeit am Frauentag: »Wege von Frauen und die Kirche«, Darmstadt 1988.

Ich sing mein eigen Lied – Bibelarbeit Frauenwerkstatt »Feministische Theologie«: Schwesternstreit und Frauensolidarität, Mauloff 1988.

Sprache, die seit Menschenzeiten – Frauenwerkstatt auf dem Kirchentag: »Befreiung durch frauengerechte Sprache«, Frankfurt 1987.

Sprache, die Mut macht – Frauenwerkstatt auf dem Kirchentag: »Befreiung durch frauengerechte Sprache«, Frankfurt 1987.

Kyrie, erbarm dich, Gott – »Wegzehrung« am Frauentag: »Texte, Lieder und Materialien zur Frauendekade«, Darmstadt 1988.

Morgenlied und Abendsegen – Frauenwerkstatt auf dem Kirchentag: »Drauf jede sich verlassen mag – Frauengerechte Sprache in Kirchenlied und Liturgie«, Belin 1989.

Du, Gott, Freundin der Menschen – Mitgliederversammlung der DEAE: »Wir – Frauen und Männer – Es ist noch nicht erschienen was wir sein werden; Nach-denken, singen, beten«, Loccum 1989.

Manchmal – Ein Auferstehungslied – Materialvorschlag der EKHN zu den Dekadegottesdiensten für Ostern 1990: Predigtlied zu 1. Kor. 15,19–28.

Du sammelst meine Tränen – Dekadegottesdienst an Ostern 1989: Predigtlied zu Johannes 20,1–2 und 11–18.

Unterwegs – Mottolied am Frauentag: »Wege von Frauen und die Kirche«, Darmstadt 1988.
Verschiedene Wege – Schlußandacht am Frauentag: »Wir gehen weiter«, Darmstadt 1988.

Anmerkungen

1. *Eva Renate Schmidt:* Vom Schwesternstreit zur Frauensolidarität, in: Feministisch gelesen Bd. 2, Stuttgart 1989, S. 29–39.
2. *Otto Brodde:* Hymnologie, in: Die Evangelische Kirchenmusik, Handbuch für Studium und Praxis, Regensburg o. J., S. 131 ff.
3. Ebenda.
4. *Ursa Krattiger Tinga:* Neue Worte, alte Tänze, in: Befreit zu Rede und Tanz, hrsg. Angelika Schmidt-Biesalski, Stuttgart 1989.
5. *Luise Schottroff/Dorothee Sölle:* Die Auferstehung der Frauen, in: Das Kreuz: Baum des Lebens, Stuttgart 1987.
6. *Erika Pluhar:* Der Aufbruch, in: Erika Pluhar, Über Leben, Lieder und ihre Geschichten, Reinbek bei Hamburg 1982.

III. Anhang

Kleine Sprachlehre für gerechtes Sprechen*

Wie kann ich »gerecht« sprechen in einer ungerechten Welt?

1. ich kann **Frauen** ausdrücklich benennen und nicht mit männlichen Begriffen bezeichnen oder »mitmeinen«.

2. Ich kann **Frauen** als selbständige, von Männern unabhängige und gleichwertige Personen beschreiben.

3. Ich kann **Frauen** als **Menschen** mit vielfältigen Begabungen und Fähigkeiten, Rollen und Lebensformen sichtbar machen.

4. Ich kann behinderte und benachteiligte **Menschen** in ihrem Menschsein und Begabungen und Schwächen wahrnehmen.

5. Ich kann **Menschen** anderer Hautfarbe und anderen Glaubens so ansprechen, wie sie sich selbst bezeichnen.

6. Ich kann jüdische **Menschen** als Volk Gottes achten.

7. Ich kann von **Gott** in der ganzen Vielfalt der christlichen Traditionen reden und Gott nicht auf männliche Bilder festlegen.

* aus: Frauengerechte Sprache in Gottesdienst und Kirche, hg. Evangelische Frauenarbeit in Deutschland, Klingerstraße 24, 6000 Frankfurt 1

1. Frauen ausdrücklich benennen

Wenn ich Frauen meine, sage ich: Freundinnen (und nicht: Freunde) – Christinnen (nicht: Christen) – Studentinnen – Kirchenvorsteherinnen – kirchliche Mitarbeiterinnen – Kirchentagsteilnehmerinnen – Gesprächsleiterinnen – Ausländerinnen –Expertinnen.

Wenn ich mich auf Frauen beziehe, sage ich: jede (nicht: jeder) – alle, die (nicht: jeder, der) – keine – eine – die eine oder andere – die einzelne – die Nächste (nicht: der Nächste).

Wenn ich Frauen und Männer meine, nenne ich beide, die weibliche und die männliche Form (z. B. die eine oder der andere – Lehrerinnen und Lehrer) oder verwende neutrale Begriffe: Studierende – Kirchenvorstand – Gesprächsleitung – ausländische Mitmenschen.

2. Frauen als selbständige Personen beschreiben

Die Diskriminierung von Frauen äußert sich auch darin, daß Anredeformen und Titel für Frauen und Männer nicht gleichgewichtig gebraucht und daß Männer selbstverständlich zuerst genannt werden. Deshalb sage ich z. B.

- Eva und Adam, Jüngerinnen und Jünger, Töchter und Söhne,
- Frau M. und Herr M. (und nicht: Herr M. und seine Frau),
- Frau N. (statt: die Frau von Pfarrer N.).

3. Frauen in ihrer Rollen- und Begabungsvielfalt sichtbar machen

Hier zeigt sich die Diskriminierung von Frauen oft weniger in einzelnen sprachlichen Formulierungen als im Übersehen und Verschweigen.

- Ich will Frauen Rationalität, Sachverstand, Durchhaltevermögen zusprechen und sie nicht allein durch äußere Merkmale kennzeichnen. (Wie fände ein Mann den Satz: »Sie ist eine tüchtige Ärztin und er ein gutgebauter Brünetter«?)
- Ich will respektieren, daß viele Frauen allein leben, alleinerziehend sind, mit anderen Frauen zusammen leben, und will Frauen nicht nur auf ihre Rolle als Ehefrau und Mutter festlegen.
- Ich will nicht gedankenlos Klischees wie »Frau am Steuer«, »Doppelverdienerin«, »Milchmädchenrechnung«, »Klatschbase«, »Otto Normalverbraucher« wiederholen.

4. Behinderte Menschen nicht auf die Abweichung von meiner Norm festlegen

Wer wäre gern »die Dicke von nebenan« oder »Der Blinddarm in Zimmer 12«? Ich sage nicht »der Rollstuhlfahrer«, sondern »der Mann im Rollstuhl« (oder besser: Peter Müller), nicht »die Blinde«, sondern »eine Frau, die blind ist« (und z. B. sehr gut hören, Orgel spielen, lachen kann).

Ich vermeide in meiner Symbolsprache auch das Reden vom »aufrechten Gang«, vom »blinden Huhn« und der »lahmen Ente«.

5. Menschen anderer Hautfarbe und anderen Glaubens nicht abwerten

Ich sage Schwarze (nicht: Neger) oder nenne das Herkunftsland: »Kenianerin« oder »Senegalese«,
- ein Moslem / Muslim, eine Muslimin, die Musliminnen und Muslime (nicht Mohammedaner),
- Menschen nichtchristlicher Religion (statt Heiden).

Ich vermeide in meiner Farbsymbolik die Gleichsetzung von schwarz = schlecht / sündig und weiß = gut / rein, z. B. Sündenbock (statt: schwarzes Schaf) – schlechter Mensch (statt: schwarze Seele).

6. Jüdische Menschen als Volk Gottes achten

Ich sage »Hebräische Bibel« statt »Altes Testament«. Ich spreche den hebräischen Gottesnamen, der dem jüdischen Volk heilig ist, nicht aus. Ich rede im Zusammenhang mit der Passion Jesu nicht von »den Juden«, sondern von jüdischen Autoritäten oder der religiösen Führungsschicht.

7. Gott nicht durch den Gebrauch männlicher Bilder einschränken

Wir können Gott mit unserer Sprache nicht vollständig fassen. Wir können von Gott nur mit menschlichen Wörtern und unzureichenden Bildern reden. Die Gottesbezeichnungen in unserer Tradition sind männlich geprägt: Vater, Herr, König, Hirte, Schöpfer, Gott unserer Väter, Heiliger Geist.

Ich will für Gott auch andere Bezeichnungen und Bilder suchen: Gott, du bist eine tröstende Mutter, eine gerechte Freundin, die Quelle der Liebe, das Licht meines Lebens, Ursprung aller Dinge, unsere Zuflucht und unsere Stärke.

Ich will die Worte »er« und »sein« für Gott vermeiden und statt dessen »Gott« wiederholen: Wir hoffen auf Gott und Gottes Gerechtigkeit.

Gerechte Sprache im öffentlichen Leben

Chronologische Übersicht über Richtlinien, Verordnungen, Gesetze in der BRD und in Europa

1962 BRD: Die erste Bundesministerin Frau Dr. Schwarzhaupt bittet darum, als Frau Ministerin angeschrieben zu werden.

1972 BRD: Erlaß des Bundesministeriums des Innern zur Anrede weiblicher Erwachsener (Frau statt Fräulein).

1976 EG-Richtlinie zur Gleichbehandlung von Männern und Frauen im Arbeitsleben (enthält Terminus »sprachliche Gleichbehandlung«).

1977 Italien: Gesetz gegen sexistische Sprache in Stellenanzeigen.

1978 Spanien: García Meseguer. Lenguaje y discriminación sexual (Untersuchung span. Wörterbücher).
Norwegen: Gleichstellungsgesetz mit dem Verbot, in Stellenanzeigen ein Geschlecht zu begünstigen.

1979 BRD: Behördliche Sprachregelung des Bundesministeriums für Bildung und Wissenschaft (Anweisung, ab sofort weibliche und männliche Berufsbezeichnungen in die Ausbildungsverordnungen aufzunehmen).

1980 BRD: Einfügung von Paragraph 611 b in das BGB. Ein Arbeitsplatz soll nicht nur für Männer oder nur für Frauen ausgeschrieben werden.
Niederlande: Gesetz über die Gleichbehandlung von Frauen und Männern im Arbeitsleben (Verbot, bei Stellenanzeigen und Bewerbungen Unterschiede zwischen Geschlechtern zu machen).

1981 BRD: Richtlinien zur Vermeidung sexistischen Sprachgebrauchs erscheinen in den Linguistischen Berichten 71/1981, erarbeitet von Senta Trömel-Plötz, Ingrid Guentherodt, Marlis Hellinger, Luise F. Pusch.

1982 BRD: Senta Trömel-Plötz, Frauensprache – Sprache der Veränderung, Frankfurt.

BRD: Resolution des Deutschen Frauenrats gegen die »Diskriminierung von Frauen in der Gesetzessprache«.

1983 BRD: Katharina Knohl-Hoberg, Gisela Richter-Junghölter, Birgit Ihrig und Ursula Merck veröffentlichen erste Ergebnisse der Arbeitsgruppe »Sexistische Sprache in kirchlichen Texten« (in E. R. Schmidt/H. G. Berg, Aufhören und Anfangen – Wechselfälle im Alltag einer Gemeinde, Gelnhausen).

1984 BRD: Hess. Ministerpräsident schreibt an alle Landesbehörden: »Die männliche Form einer Bezeichnung kann nicht als Oberbegriff angesehen werden, der die weibliche und männliche Form einschließt.«

BRD: Luise F. Pusch, Das Deutsche als Männersprache, Frankfurt.

1985 Italien: Gleichstellungskommission veröffentlicht eine Untersuchung von Alma Sabatini mit Vorschlägen für eine nichtsexistische Sprache.

BRD: Bekanntmachung des Innenministeriums Schleswig-Holstein zur Gestaltung von Stellenausschreibungen.

BRD: Hebammengesetz – Um Männern als Entbindungspfleger den Zugang zu diesem Beruf zu eröffnen, entsteht das erste Frauen und Männer sprachlich gleichbehandelnde Bundesgesetz.

1986 Frankreich: Am 11. März werden die von einer Sprachkommission erarbeiteten neuen Sprachregeln im Amtsblatt veröffentlicht und treten in Kraft. Die neuen Movierungsregeln müssen in allen offiziellen Texten Frankreichs befolgt werden.

BRD: Erlaß der saarländischen Landesregierung über die Gleichbehandlung von Frauen und Männern in amtlichen Verlautbarungen.

BRD: Rundschreiben über die Gleichbehandlung von Frauen und Männern im Sprachgebrauch der Berliner Verwaltung.

BRD: Beschluß des Hessischen Landtages über die Gleichbehandlung von Frauen und Männern in Gesetzestexten, Verordnungen und Erlassen, sowie über die Einführung geschlechtsneutraler Organ- und Behördenbezeichnungen.

1986–1990 Das EG-Aktionsprogramm fordert als bindende Maßnahme in allen Mitgliedsstaaten die Beseitigung der Geschlechtsstereotypen in sämtlichen Lehr- und Lernmitteln (Bücher, Übungsmaterial, Analyseinstrumente, Beratungsunterlagen).

1987 BRD: Antrag der SPD-Fraktion im Deutschen Bundestag, alle Gesetze auf geschlechtsspezifische Formulierungen hin zu überprüfen und einen Zeitplan für erforderliche Änderungen vorzulegen. Anträge mit ähnlicher Zielrichtung werden in den Folgemonaten gestellt von der Fraktion DIE GRÜNEN, sowie den Fraktionen CDU/CSU gemeinsam mit der FDP. Am 6. Nov. Rede der Bundesministerin Prof. Dr. Rita Süßmuth vor dem Bundestag zur Beratung dieser Anträge.

BRD: EFD, Gerechte Sprache in Gottesdienst und Kirche (mit Bibeltexten zum Frankfurter Kirchentag in frauengerechter Sprache).

Österreich: Das Bundesministerium für soziale Verwaltung gibt die Schrift »Sprachliche Gleichbehandlung von Frau und Mann im öffentlichen Bereich (Berufsbezeichnungen, Titel, Anredeformen, Funktionsbeschreibungen, Stellenausschreibungen)« heraus.

1988 BRD: Der Ausschuß für Frauenpolitik des Landtages Nordrhein-Westfalen veranstaltet ein Werkstattgespräch über »Sprache und Gleichstellung«.

BRD: Die Konferenz der Justizminister und -senatoren unterstützt die Forderung nach Gleichbehandlung von Frauen und Männern in der Rechtssprache und will gleichzeitig die Einheitlichkeit und Verständlichkeit der Rechtssprache erhalten.

BRD: Der Haushaltsausschuß des Deutschen Bundestages beschließt, sämtliche Personaltitel im Bundeshaushaltsplan in männlicher und weiblicher Form aufzuführen.

BRD: Die Anhörung der bayerischen SPD-Landtagsfraktion zur »Gleichbehandlung von Frauen und Männern in Rechtssprache und Gesetzestexten« führt zu dem Beschluß des Bayerischen Landtags, personenbezogene Bezeichnungen in Gesetzestexten nach Möglichkeit geschlechtsneutral abzufassen.

BRD: Die Promotionsordnung für den Fachbereich Informatik der Universität Hamburg verwendet als Ausgleich für die bisherige maskulin geprägte Rechtssprache generisch gemeinte Feminina.

Österreich: Weibliche Amtsbezeichnungen und Titel werden durch Einführung von Art. 7 Abs. 3 in das Bundesverfassungsgesetz ermöglicht.

BRD: Das Landesverwaltungsgesetz Schleswig-Holstein wird einstimmig geändert, so daß die weibliche Bezeichnung von Amt und Behörde gesetzlich vermerkt ist.

BRD: Entwurf der SPD-Fraktion im Deutschen Bundestag für ein Gleichstellungsgesetz, demzufolge Ausschreibungen für Stellen und Ausbildungsplätze in männlicher und weiblicher Form erfolgen müssen.

1989 BRD: Gesetz zur Förderung der Gleichstellung der Frau in der Rechts- und Verwaltungssprache in Niedersachsen und Beschluß des Landesministeriums über die Einführung geschlechtsneutraler Behördenbezeichnungen.

BRD: Der Berliner Senat empfiehlt zwecks Gleichbehandlung von Frauen und Männern im Sprachgebrauch der Verwaltung die Verwendung des großen I, wie in AntragstellerInnen.

BRD: Im Bundesanzeiger wird die »Bekanntmachung des Verzeichnisses der anerkannten Ausbildungsberufe ...« mit männlichen und weiblichen Berufsbezeichnungen veröffentlicht.

BRD: Einstimmiger Beschluß des Schleswig-Holsteinischen Landtages zur Gleichbehandlung von Frauen und Männern in der Rechtssprache (weibliche und männliche Bezeichnungen werden, in dieser Reihenfolge, voll ausgeschrieben und durch Neutralformen ergänzt – bei Gesetzesänderungen muß eine

Frist festgelegt werden, innerhalb derer das ganze Gesetz sprachlich angepaßt wird).

1990 BRD: In der Staatskanzlei Saarbrücken wird von der »Leitstelle zur Durchsetzung der Gleichbehandlung der Frauen« ein Leitfaden »Zur Gleichbehandlung von Frauen und Männern in der Amtssprache« veröffentlicht.

BRD: Die 1987 eingesetzte interministerielle Arbeitsgruppe »Rechtssprache« unter Federführung des Bundesministeriums der Justiz veröffentlicht den Bericht »Maskuline und feminine Personenbezeichnungen in der Rechtssprache«.

Zum Weiterlesen

Feministische Linguistik

Luise F. Pusch: Das Deutsche als Männersprache. Aufsätze und Glossen zur feministischen Linguistik, edition suhrkamp NF 217, Frankfurt 1984
Luise F. Pusch: Alle Menschen werden Schwestern. Feministische Sprachkritik, edition suhrkamp, NF 565, Frankfurt 1990.
Senta Trömel-Plötz: Frauensprache – Sprache der Veränderung, Fischer Taschenbuch 3725, Frankfurt 1982.
Marlis Hellinger (Hrsg.): Sprachwandel und feministische Sprachpolitik. Internationale Perspektiven, Westdeutscher Verlag Opladen 1985.

Gewalt durch Sprache

Fritz Passiersbsky: Krieg und Frieden in der Sprache. Eine sprachwissenschaftliche Textanalyse, Fischer Taschenbuch 6409, Frankfurt 1983.
Erhard Eppler: Sprache ohne Wirklichkeit, in: Die tödliche Utopie der Sicherheit, Rowohlt Verlag Reinbek bei Hamburg 1983.
Hans Eberhard Richter: Zur Psychologie des Friedens, Rowohlt Taschenbuch 7869, Reinbek bei Hamburg 1984.
Tordis Batschneider / Susanne Lange / Ilse Petry: Kriegerische Männer – friedliche Frauen? Feministische Anmerkungen zu einem falsch verstandenen Gegensatz, Friedensforschung aktuell Ausgabe 24 / Winter 1990. Bestelladresse: Hessische Stiftung für Friedens- und Konfliktforschung, Leimenrode 29, D-6000 Frankfurt.
Gewaltsprache – Friedenssprache. Polaritäten in der Friedenserziehung. Dokumentation einer internationalen Fachtagung. Hrsg. und Bestelladresse: Jugendakademie Walberberg, D-5303 Bornheim 3.
Rosemarie Bolte / Cordelia Kopsch u. a.: »Achtung: Sprechprobe!« Von der un-heimlichen Gewalt und der gefährlichen Verharmlosung des Kriegerischen in unserer Sprache, die uns alle betrifft. Ein Material- und Arbeitsheft für Gemeinden und Gruppen. Hrsg. und Bestelladresse: Pfarrstelle für Friedensarbeit in der EKHN, Praunheimer Landstraße 206, D-6000 Frankfurt 90.

Gerechte Sprache in Theologie und Kirche

Elisabeth Schüssler-Fiorenza: Brot statt Steine. Die Herausforderung einer feministischen Interpretation der Bibel, Edition Exodus, Freiburg/Schweiz 1988.
Rosemary Radford Ruether: Unsere Wunden heilen – Unsere Befreiung feiern. Rituale in der Frauenkirche, Kreuz Verlag Stuttgart 1988.
Virginia Mollenkott: Gott eine Frau? Vergessene Gottesbilder in der Bibel, Beck'sche Reihe 295, 2. Auflage München 1990.
Angelika Schmidt-Biesalski (Hrsg.): Befreit zu Rede und Tanz. Frauen umschreiben ihr Gottesbild, Kreuz Verlag Stuttgart 1989.
FRAUEN FORMEN SPRACHE, Erwachsenenbildung konkret Nr. 20, Frauenwerk der Nordelbischen ev.-luth. Kirche, 1987. Bestelladresse: Nordelbisches Frauenwerk, Postfach 1565, 2350 Neumünster.

Gebete und Lieder von Frauen

Prayers & Poems, Songs & Stories. Worship and Meditation Resources for Easter and for the Ecumenical Decade »Churches in Solidarity with Women« 1988–1998, Women in a Changing World 25, 1988. Bestelladresse: World Council of Churches, 150 route de Ferney, CH-1211 Genf 20, Schweiz.
Sybille Fritsch / Bärbel von Wartenberg-Potter (Hrsg.): Die tägliche Erfindung der Zärtlichkeit. Gebete und Poesie von Frauen aus aller Welt, Gütersloher Verlagshaus Gerd Mohn GTB Siebenstern 489, 1986.
Christel Voß-Goldstein (Hrsg.): Abel, wo ist deine Schwester? Frauenfragen, Frauengebete, Patmos Verlag Düsseldorf 1987.
Wir sind keine Fremdlinge mehr. Frauen halten Gottesdienst. Ein Werkstattbuch, Hrsg. der deutschen Fassung: Evangelisches Missionswerk (EMW), Weltgebetstag der Frauen, Deutsches Komitee. Bestelladresse: Bayerischer Mütterdienst, Deutenbacher Straße 1, 8504 Stein/Mfr.
Christine Hojenski / Birgit Hübner / Reinhild Hundrup / Martina Meyer (Hrsg.): Meine Seele sieht das Land der Freiheit. Feministische Liturgien – Modelle für die Praxis, edition liberación, Münster 1990.

Die Autorinnen

Hanne Köhler, geboren 1958 in Miltenberg/Main, Studium der Ev. Theologie in Mainz und Heidelberg, von 1983 bis 1984 Studienaufenthalt in den USA am United Theological Seminary in Dayton/Ohio (Abschluß Master of Divinity), seit 1987 Gemeindepfarrerin in Neu-Isenburg-Gravenbruch, einer Anfang der sechziger Jahre entstandenen Wohnstadt unweit von Frankfurt.

Cordelia Kopsch, geboren 1953, Studium der Evangelischen Theologie und der Judaistik in Frankfurt, Tübingen und Jerusalem (Israel), arbeitete 6 Jahre als Gemeindepfarrerin in Frankfurt, seit 1986 Pfarrerin für Friedensarbeit in der Ev. Kirche Hessen und Nassau, lebt in Bad Homburg.

Ina Praetorius, geb. 1956 in Karlsruhe, Studium der Theologie und Germanistik in Tübingen, Zürich und Heidelberg. 1983–1987 wiss. Assistentin am Institut für Sozialethik der Universität Zürich, lebt z.Zt. als freischaffende Theologin in Krinau (Kanton St. Gallen).

Dorle Schönhals-Schlaudt, geboren 1953 in Alzey, Ausbildung als Kantorin, ergänzt durch Fortbildungen im Bereich der Tanz-, Spiel- und Theaterpädagogik; z.Zt. freiberuflich tätig in der Kindergottesdienst- und Frauenarbeit mit thematischem Schwerpunkt »Feministische Theologie«.

Hildburg Wegener, geboren 1941 in Hamburg; nach dem Theologiestudium Wissenschaftliche Assistentin in Göttingen, Promotion; Zusatzstudium in Anglistik, Referendariat, Lehrerin an den Deutschen Schulen in Brüssel und London; seit 1984 Theologische Referentin bei der Evangelischen Frauenarbeit (EFD) in Frankfurt.